어느 바보의 일생

어느 바보의 일생

아쿠타가와 류노스케의 말과 글

박성민 엮고 옮김

시와서

차례

말

서쪽의 밭 위에 쏟아지는 장맛비
동쪽의 마을에 개어오는 하늘
두 개의 마음을 어찌할 수 없음은
인간뿐인 줄 알았건만

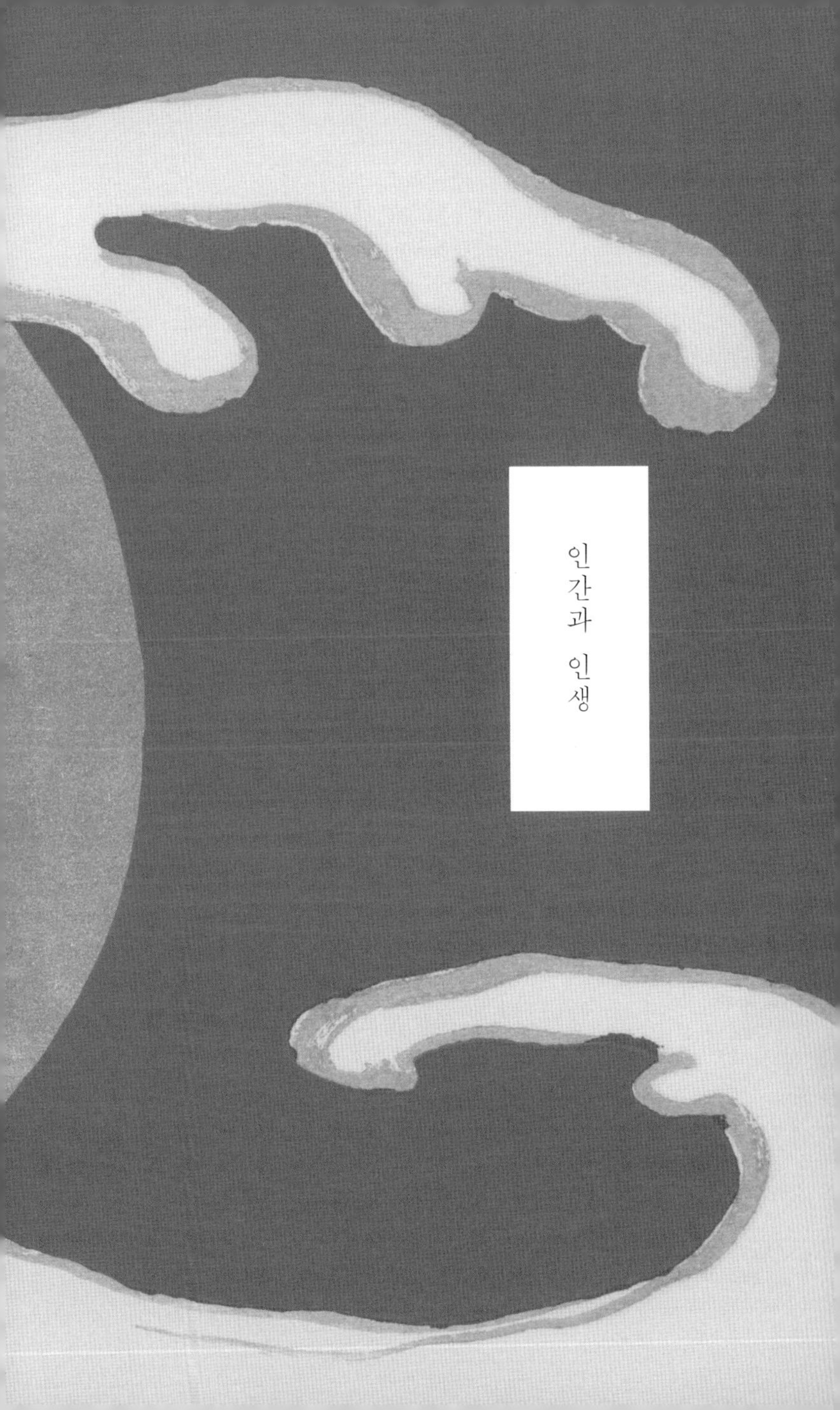

인간과 인생

인생은 낙장이 많은 책과 비슷하다. 제대로 된 한 권이 만들어졌다고 말하기는 어렵다. 하지만 어쨌든 책 한 권이 되기는 했다.

난쟁이의 말

❀

인생은 한 갑의 성냥과 비슷하다. 귀중하게 다루는 건 어리석다. 하지만 귀중하게 다루지 않으면 위험하다.

난쟁이의 말

❀

우리는 하고 싶다고 해서 할 수 있는 것이 아니다. 단지 할 수 있는 것을 할 뿐이다. 이는 우리 개인뿐만 아니라 우리 사회도 마찬가지다. 어쩌면 신조차도 자신이 희망하는 대로 이 세계를 만들 수는 없었을 것이다.

난쟁이의 말

젊은이는 무엇보다 살아남는 것에 대해 생각해야 한다. 적과 싸우다 죽는 건 언제든지 할 수 있으니까.

희작삼매

❀

어차피 살아 있을 바에는 삶이 괴로운 것은 당연하다고 생각하라.

선인

❀

단지 처세를 잘하고 싶을 뿐이라면, 정열의 부족 따위는 걱정하지 않아도 된다. 그보다 더 위험한 것은 오히려 냉담함의 부족이다.

난쟁이의 말

❀

우리는 모든 참회에 마음이 움직일 것이다. 하지만 모든 참회의 형식은 '내가 했던 행동은 하지 마라. 내가 했던 말대로 하라'는 식이다.

열 개의 바늘

인생을 행복하게 살려면, 일상의 사소한 것을 사랑해야 한다. 구름 사이로 비치는 햇살, 대나무의 술렁임, 참새 떼의 지저귐, 길을 가는 사람의 얼굴, — 일상의 온갖 사소한 것들 속에서 최상의 달콤함을 느껴야 한다.

인생을 행복하게 살려면? — 그렇지만 사소한 것을 사랑하는 사람은 사소한 것 때문에 괴로워해야 한다. 뜰 앞의 오래된 연못에 뛰어든 개구리는 백 년의 근심을 깨뜨려주었을 테지만, 연못 밖으로 뛰쳐나온 개구리는 백 년의 근심을 안겨주었을지도 모른다. 아니, 바쇼의 일생은 향락의 일생인 동시에 누가 보더라도 고난의 일생이다. 우리 역시 미묘하게 즐거워하려면 미묘하게 괴로워해야 한다.

그래서 인생을 행복하게 살려면, 일상의 사소한 것에 괴로워해야 한다. 구름 사이로 비치는 햇살, 대나무의 술렁임, 참새 떼의 지저귐, 길을 가는 사람의 얼굴, — 일상의 온갖 사소한 것들 속에서 지옥으로 떨어지는 고통을 느껴야 한다.

난쟁이의 말

길을 걷고 있는데 갑자기 바람이 불어 모자가 날아간다. 어떤 사람은 자기 주변의 온갖 것을 의식하면서 모자를 쫓아간다. 그렇기 때문에 모자는 좀처럼 손에 잡히지 않는다.

또 어떤 사람은 모자가 날아가면 오로지 그 날아가는 모자만을 생각하며 온 정신을 집중해 그 뒤를 쫓는다. 자전거에 부딪히고, 자동차에 치이고, 짐 마차꾼에게 욕을 듣는다. 그러는 사이에 모자는 바람이 부는 쪽으로 날아가버린다. 하지만 이런 사람은 비교적 모자를 손에 넣는 경우가 많다.

하지만 어느 쪽이 됐든 인생은 결국 마음먹은 대로 풀리지는 않는 것 같다. 어지간한 정치적 또는 사업적 천재가 아니라면 모자를 쉽게 손에 넣는 사람은 아마 없을 것이다.

박수 치는 이야기

❀

가장 현명한 처세술은 사회적 인습을 경멸하면서도 사회적 인습과 모순되지 않게 생활하는 것이다.

난쟁이의 말

이루는 것이 꼭 어려운 것은 아니다. 하지만 바라는 것은 언제나 어렵다. 적어도 이룰 만한 것을 바라는 것은.

사람의 크고 작음을 알고 싶으면 그가 이루어낸 것을 통해 그가 이루려고 한 것을 보아야 한다.

난쟁이의 말

❀

아무리 해도 안 되는 일을 어떻게든 하기 위해서는 수단과 방법을 가릴 여유가 없다. 그런 걸 가리고 있다가는 토담 아래서든 길바닥 위에서든 굶어 죽기만 할 뿐이다.

라쇼몬

❀

강 앞에서 맹인 한 사람이 안전한 나루터를 찾아 헤매고 있다. 너무도 안타깝지만 이 세상에는 수만 명의 맹인이 있고, 그중의 대부분이 이렇게 강 앞에 서서 갈팡질팡한다고 생각하니, 동정 대신 웃음이 밀려온다.

인간은 대부분 자기 혼자만 불행을 짊어지고 있는 것 같은 생각이 들게 마련이다. 나도 물론 그중의 하나지만.

박수 치는 이야기

파스칼이 말했듯이 우리는 생각하는 갈대다. 하지만 사실 그것만은 아니다. 우리는 한편으로 사물을 생각하는 동시에 다른 한편으로는 끊임없이 사물을 느끼는 갈대다. 나뭇잎이 바람에 하늘거리는 것이 바람을 느끼는 거라고는 말할 수 없을지 몰라도, 느끼는 것과 비슷할 것이다.

하지만 우리가 사물을 느낀다는 것은 꼭 그렇게 기계적인 것은 아니다. 아니, 분명 해질녘의 미풍 속에서 저 멀리 무역풍을 느낄 때도 의외로 많을 것이다. 예를 들면, 한 그루의 사이프러스 나무는 평범한 사람을 움직이는 데 미풍보다 못할지도 모른다. 하지만 천부적인 재능으로 불타오르던 고흐는 그 한 그루 사이프러스에서도 어마어마한 생명을 느꼈다. 그러니까 적막한 인생을 충분히 즐기기 위해서는 미묘하게 사물을 생각하는 동시에 미묘하게 사물을 느껴야 한다. 또는 뇌를 가지는 동시에 신경을 가져야 한다. 그렇기 때문에 옛날의 딜레탕트는 늘 얼마쯤은 학자인 동시에 또 얼마쯤은 예술가이기도 했다.

그러나 가시 없는 장미는 있어도 괴로움 없는 즐거움은 없다. 미묘하게 사물을 생각하는 동시에 미묘하게 사물을 느끼는 갈대는, 다시 말해 미묘하게 괴로워하는 갈대인 것이다.

편견

자네는 이미 언덕 위에서 움직이기 시작한 수레와 같네. 수레가 움직이고 있는 건 자력인지도 모르지. 하지만 만약 그렇다면 한발 더 나아가, 그 자력의 움직임을 올바른 방향으로 지속해야 하네. 그렇지 않으면 자네는 사라져버릴 것이네.

우리는 흔히 우리 자신이 '한 것'과 '하려고 하는 것'을 같은 것으로 생각하기 쉽네. 특히 타인을 볼 때는 타인이 '한 것'과 자신이 '한 것' + '하려고 하는 것'을 비교하기 쉽지. 하지만 '하려고 하는 것'과 '실제로 한 것'의 거리가 얼마나 먼지는, 조금이라도 일을 해본 사람이라면 바로 알 수 있을 것이네.

서간

❀

천국은 '하지 않은 것에 대한 후회'로 가득 차 있다. 마치 지옥이 화염 속에 '한 것에 대한 후회'로 가득하듯이.

문예적인, 너무나 문예적인

만약 수영을 배우지 않은 사람에게 수영하라고 명령하는 사람이 있다면, 다들 무리한 요구라고 생각할 것이다. 또 만약 달리기를 배우지 않은 사람에게 달리라고 명령하는 사람이 있다면, 그 역시 턱없는 소리라고 생각할 수밖에 없다. 하지만 우리는 태어난 순간부터 이런 어처구니없는 명령을 받고 있는 것과 마찬가지다.

우리가 어머니 배 속에 있었을 때, 인생에 대처하는 법을 배웠던가? 그런데도 우리는 배 속에서 나오자마자 커다란 경기장과도 같은 인생 속에 발을 내디디게 된 것이다. 당연히 수영을 배우지 않은 사람은 만족스럽게 헤엄칠 수 없고, 마찬가지로 달리기를 배우지 않은 사람은 대개는 남에게 뒤처질 것이다. 그렇다면 우리 역시 아무런 상처도 입지 않고 인생의 경기장 밖으로 나갈 수는 없다.

세상 사람들은 이렇게 말할지도 모른다. "앞사람의 발자취를 보면 된다. 거기에 너희들의 모범이 있다."라고. 그러나 백 명의 수영 선수, 천 명의 달리기 선수를 쳐다본다 한들, 갑자기 수영을 익힐 수도, 달리기를 잘할 수도 없다. 그렇기는커녕 초보 수영 선수는 실컷 물을 삼킬 것이고, 달리기 선수는 하나같이 경기장에서 흙 범벅이 될 것이다. 보아라, 세계의 유명 선수들조차 대개는 의기양양한 미소 뒤에 찌푸린 표정을 감추고 있지 않은가.

인생은 미치광이가 주최하는 올림픽 대회 같은 것이다. 우리는 인생과 싸우며 인생과 싸우는 법을 배워야 한다. 이런 어리석은 게임에 분개할 수밖에 없는 사람은 어서어서 경기장 밖으로 나가는 것이 좋다. 자살도 분명 그중의 한 방법이다. 그러나 인생의 경기장에 머물며 버티려는 사람은 상처를 두려워하지 말고 싸워야 한다.

난쟁이의 말

❀

인생은 지옥보다 더 지옥스럽다. 지옥이 주는 고통은 일정한 법칙을 깬 적이 없다. 예를 들면 아귀도(餓鬼道)의 고통은 눈앞에 놓인 밥을 먹으려고 하면 밥에 불이 타오르는 식이다.

하지만 불행히도 인생이 주는 고통은 그렇게 단순하지 않다. 눈앞의 밥을 먹으려고 하면 불이 타오를 때도 있지만, 또 생각지도 못하게 편하게 먹을 수 있을 때도 있다. 그뿐 아니라 마음 편히 다 먹고 나서 배탈이 날 때도 있는가 하면, 의외로 편안하게 소화가 될 때도 있다. 이런 무법칙의 세계에 쉽게 적응할 수 있는 사람은 아무도 없다.

난쟁이의 말

태양 아래 새로운 게 없다는 것은 옛사람들이 한 말이다. 하지만 새로운 게 없는 것은 단지 태양 아래만은 아니다.

천문학자의 설에 따르면, 헤르쿨레스 자리에서 발한 빛이 지구에 다다르는 데는 36,000년이 걸린다고 한다. 하지만 헤르쿨레스 자리라도 영원히 반짝일 수는 없다. 언젠가는 싸늘한 재와 같이 아름다운 빛을 잃어버린다. 그리고 죽음은 어디서든 항상 삶을 잉태한다. 빛을 잃은 헤르쿨레스 자리도 끝없는 하늘을 떠돌다가 기회만 생기면 한 무리의 성운으로 변할 것이다. 그러면 또 새로운 별이 그곳에서 끊임없이 생겨나는 것이다.

우주의 거대함에 비하면 태양도 한 점 도깨비불에 지나지 않는다. 하물며 우리의 지구는 말할 것도 없다. 그러나 머나먼 우주의 끝, 은하의 가장자리에서 일어나고 있는 일도 사실은 이 진흙덩이 위에서 일어나는 일과 다를 게 없다. 삶과 죽음은 운동의 법칙에 따라 끊임없이 돌고 돈다. 그런 생각을 하면, 하늘 위에 흩어져 있는 무수한 별들에게도 조금은 동정을 느끼지 않을 수 없다. 아니, 명멸하는 별빛은 우리와 똑같은 감정을 나타내고 있는 것 같기도 하다. 이 점에 대해서도 시인은 누구보다 먼저 소리 높여 진리를 노래했다.

잔모래처럼
수많은 별들
그 가운데,
나를 바라보며
빛나는 별이 있네*

하지만 별도 우리처럼 끊임없이 윤회를 거친다고 하니, 어쨌든 따분할 수밖에 없겠다.

난쟁이의 말

* 마사오카 시키의 단카.

우리는 실망하기 위해서 살아가고 있는지도 모른다. 하지만 실망이 다한 곳에서는 저절로 새로운 희망이 움튼다. 잡초를 뽑지 않은 땅에 히아신스 꽃은 피지 않는다. 환멸을 겪은 마음에서 솟아난 희망이 아니라면 강렬한 희망이라고 할 수 없다. 우리는 외롭지만, 외롭지 않은 사람보다 그만큼 더 강하다고 생각한다.

서간

❀

인생이란 돈 대신에 생명을 지불하는 커피숍과 같은 것입니다. 그렇기 때문에 다양한 맛을 즐길 수 있다면 그보다 더 큰 행복은 없습니다.

문예 감상 강좌

❀

자만, 애욕, 의혹. 3천 년 이래의 모든 죄는 이 세 가지로부터 생겨났다. 또한 동시에 아마 모든 덕도.

갓파

모든 사교는 자연스럽게 허위를 필요로 하는 법이다. 만약 털끝만큼의 허위도 없이 친구나 지인에게 우리의 본심을 있는 그대로 말한다면, 그 옛날 관포지교라 할지라도 관계가 파탄 나지 않을 수 없을 것이다. 관포지교는 고사하고, 우리는 모두 친한 친구나 지인을 조금은 미워하거나 경멸한다.

하지만 미움도 이해관계 앞에서는 날카로운 창끝을 거둘 것이 분명하다. 또한 경멸은 점점 더 태연하게 허위를 내뱉는 법이다.

그렇기 때문에 친구와 가장 친밀한 관계를 유지하려면 이해관계와 경멸을 서로 완전하게 갖추어야 한다. 물론 이것은 누구에게나 대단히 어려운 조건이다. 그렇지 않다면 우리는 일찌감치 예의와 겸손을 갖춘 신사가 되었을 것이고, 이 세상 역시 오래전에 황금시대의 평화가 찾아왔을 것이다.

난쟁이의 말

❀

너는 너를 욕하는 사람이 속된 인간이라는 건 잘 알겠지. 하지만 사실 너를 칭찬하는 사람도 속된 인간이야.

Lies in Scarlet

적어도 우리가 사바세계에 태어난 이상 누구도 '인생의 종군기자'가 될 수는 없다. 우리가 좋아하거나 말거나 인생은 우리에게 '생활자'로서 살아가기를 강요한다. 싫든 좋든 생존경쟁을 시킬 수밖에 없는 것이다.

어떤 사람들은 직접 나서서 승리를 얻으려고 할 것이다. 또 어떤 사람들은 냉소와 재치, 감탄 속에서 방어적인 태도를 취할 것이다. 마지막으로 어떤 사람들은 어느 쪽으로도 분명한 생각을 갖지 않은 채 '처세'를 하며 살아갈 것이다. 하지만 사실 그들 모두는 달리 어찌할 수 없는 '생활자'이다. 유전이나 환경의 지배를 받은 인간 희극의 등장인물이다.

그들 중 누군가는 승리를 자랑스러워할 것이다. 또 어떤 이들은 패배할 것이다. 다만 어느 쪽이든 수명이 있는 한, 우리는 분명 월터 페이터의 말처럼 "누구나 집행 유예 중인 사형수"인 것이다. 이 집행 유예 기간을 무엇을 위해 쓸지는 우리의 자유다. 자유일까? — 하지만 거기에도 과연 얼마만큼의 자유가 있을지는 의심스럽다.

문예적인, 너무나 문예적인

자유를 바라지 않는 사람은 아무도 없다. 하지만 그건 겉으로만 그럴 뿐이다. 사실은 아무도 마음속 밑바닥에서는 조금의 자유도 바라지 않는다. 그 증거로, 사람의 목숨을 빼앗는 데 일말의 주저함도 없는 무뢰한조차도 자신은 오직 완전무결한 국가를 위해 누구누구를 죽였을 뿐이라고 말하지 않는가?

그러나 자유란 우리의 행위에 어떠한 구속도 없는 것이다. 즉, 신이니 도덕이니 또는 사회적 관습이니 하는 것들과 연대 책임을 지는 것을 떳떳하게 여기지 않는 것이다.

난쟁이의 말

❀

자유는 산꼭대기의 공기와 비슷하다. 자유든 산꼭대기든 나약한 사람은 견뎌낼 수 없다.

난쟁이의 말

❀

자유주의, 자유연애, 자유무역 — 어떤 자유든 그 술잔 안에는 다량의 물이 섞여 있다. 그것도 대개는 고여 썩은 물이.

난쟁이의 말

어쨌든 숙명을 믿는다면 죄악이라는 것이 존재하지 않을 테니 징벌의 의미도 사라질 것이고 죄인에 대한 우리의 태도도 관대해질 것임이 틀림없다. 또한 자유의지를 믿는다면 책임이라는 관념이 생기기 때문에 양심의 마비를 피하게 될 것이니 우리 자신에 대한 우리의 태도는 엄숙해질 것임이 틀림없다. 그렇다면 우리는 둘 중 어느 쪽을 따라야 할 것인가?

나는 거리낌 없이 이렇게 답하고 싶다. 절반은 자유의지를 믿고, 절반은 숙명을 믿어야 한다고. 또는 절반은 자유의지를 의심하고, 절반은 숙명을 의심해야 한다고. 왜냐하면 우리는 우리에게 주어진 숙명에 따라 한 여자를 아내로 맞이하지 않았는가. 또한 동시에 우리는 우리에게 주어진 자유의지에 따라 아내가 원하는 대로 옷이나 허리띠를 사주지는 않고 있지 않은가.

자유의지와 숙명뿐만 아니라, 신과 악마, 아름다움과 추함, 용감함과 비겁함, 이성과 신앙, 그 밖의 모든 저울의 양 끝에 대해 우리는 이런 태도를 지녀야 한다. 옛사람들은 이런 태도를 중용이라고 불렀다. 중용은 영어로 good sense라고 한다. 내가 믿는 바에 따르면, good sense를 갖지 않는 한, 어떠한 행복도 얻을 수 없다. 만약 그렇게 해서 얻을 수 있는 게 있다면, 오뉴월 염천에 숯불을 껴안고 있거나 엄동설한에 부채를 부치는 것처럼 억지로 참는 행복뿐이다.

난쟁이의 말

❀

유전, 환경, 우연 — 우리의 운명을 지배하는 것은 결국 이 세 가지다. 스스로 즐거운 자는 즐거워해도 좋다. 그러나 남에 대해 이러쿵저러쿵 말하는 것은 주제넘은 짓이다.

난쟁이의 말

❀

운명은 우연이라기보다 필연이다. '운명은 성격 속에 있다'는 말은 결코 아무렇게 생겨난 것이 아니다.

난쟁이의 말

❀

참고 따르는 것은 로맨틱한 비굴이다.

난쟁이의 말

완전히 행복해질 수 있는 것은 백치에게만 주어진 특권이다. 그 어떤 낙천주의자라도 처음부터 끝까지 웃는 얼굴로 살아갈 수는 없다. 아니, 만약 진정으로 낙천주의자의 존재를 인정할 수 있다면, 그것은 오로지 '어떻게 하면 행복하게 절망할 것인가' 라는 것뿐이다.

난쟁이의 말

❀

물질적 욕망을 줄이는 것이 꼭 평화를 가져오지는 않는다. 평화를 얻으려면 정신적 욕망을 줄여야 한다.

갓파

❀

행복이란 행복에 신경 쓰지 않는 때를 말한다.

Lies in Scarlet

❀

우리는 자기 자신조차도 알지 못한다. 게다가 우리가 알고 있는 것이라도 행동으로 옮기기는 어렵다.《지혜와 운명》을 쓴 메테를링크조차 지혜와 운명을 몰랐다.

난쟁이의 말

인간은 때때로 충족될지 어떨지 알 수 없는 욕망을 위해 평생을 바친다. 그 어리석음을 비웃는 자는 결국 길의 바깥에서 인생을 대하는 사람일 뿐이다.

마죽

❀

근대의 인간이란 하나같이 중간쯤에서 만족하지 못하는 녀석들이야. 그래서 결국은 이기적이 되지. 이기적이 된다는 건 타인만 불행하게 만드는 게 아니야. 자기 자신까지도 불행하게 만드는 거야. 그러니까 조심해야 해.

길 위

❀

인간은 모두 다 매정합니다. 내가 큰 부자가 되었을 때는 아첨도 하고 따르기도 하지만, 한번 가난해져 보십시오. 따뜻한 얼굴조차 보여주지 않습니다. 그런 걸 생각하면, 설령 또다시 큰 부자가 되었다 한들 아무것도 아닌 것 같다는 생각이 듭니다.

두자춘

인간적인, 너무나 인간적인 것은 대개는 확실히 동물적이다.

난쟁이의 말

❀

'인간다움'은 동물에게도 있다는 걸 잊어서는 안 된다.

Lies in Scarlet

❀

"덕망이 높은 사람은 말을 하지 않아도 사람들이 저절로 그 밑으로 모여들게 마련이다."

이것은 분명 지혜로운 자의 말이다. 다만, '덕망이 높은 사람은 말을 하지 않아도'가 아니다. 사실은 '덕망이 높은 사람은 말을 하지 않으면'이다.

난쟁이의 말

❀

지구가 둥글다고 하는 것조차 실제로 알고 있는 사람은 많지 않다. 대부분의 사람은 그저 언젠가 배운 그대로 둥글다고 확신하고 있는 것에 불과하다.

난쟁이의 말

강한 자는 적을 두려워하지 않는 대신 친구를 두려워한다. 적을 일격에 쓰러뜨리는 것에는 아무런 고통도 느끼지 않는 대신, 의도치 않게 친구에게 상처를 입히는 것에는 어린아이처럼 공포를 느끼는 것이다.

약한 자는 친구를 두려워하지 않는 대신 적을 두려워한다. 그렇기 때문에 곳곳에서 가공의 적들만 발견하는 것이다.

난쟁이의 말

❀

호인(好人)이란 누구보다도 천상의 신을 닮은 사람이다. 첫째, 기쁨을 표하기에 좋은 상대다. 둘째, 불평을 하소연하기에도 좋다. 셋째, 있어도 좋고 없어도 좋다.

난쟁이의 말

❀

우리는 동전처럼 적어도 양면을 꼭 가지고 있다. 물론 양면보다 더 많은 면을 가진 사람도 결코 드물지 않다.

문예적인, 너무나 문예적인

들어보라, 저 높이 나무 우듬지의 둥지 속에 누운 새가 꿈틀거리는 소리를. 새는 이번 대지진에도 힘든 줄 몰랐을 것이다. 하지만 우리 인간은 의식주의 편의를 잃은 탓에 온갖 고통을 겪고 있다. 아니, 의식주는 말할 것도 없고, 한 잔의 청량음료를 마실 수 없는 것만으로도 적지 않은 부자유를 견디고 있다. 인간이라는 두 발 달린 짐승은 이 얼마나 한심한 동물인가. 우리는 문명을 잃는 순간, 그야말로 바람 앞의 등불처럼 위태위태한 목숨을 지켜야 한다. 보아라. 새는 이제 조용히 잠자리에 들었다. 깃털 이불도 베개도 모르는 새는!

새는 이제 조용히 잠들었다. 꿈도 우리보다 편안하리라. 새는 현재만을 살아간다. 그러나 우리 인간은 과거와 미래도 살아가야 한다. 그 말은 회한과 근심의 고통까지 맛보아야 한다는 것이다. 특히 이번 대지진은 우리의 미래에 얼마나 쓸쓸한 암흑을 던져주었던가. 도쿄가 불타버린 후의 우리는 오늘의 굶주림에 괴로워하면서 내일의 굶주림에도 괴로워한다. 새는 다행히 이런 고통을 모른다. 아니, 새뿐만이 아니다. 삼세(三世)의 고통을 아는 것은 오로지 우리 인간뿐이다.

고이즈미 야구모는 인간보다 나비가 되고 싶다고 했다. 나비, ― 그렇다면 저 개미를 보라. 만약 행복이란 것을 고통의 적음만으로 따진다면, 개미도 우리보다는 행복할 것이다. 하지만 우리 인간은 개미가 알지 못하는 쾌락도 알고 있다. 개미는 파산이나 실연 때문에 자살할 염려는 없을지 모른다. 하지만 우리와 마찬가지로 즐거운 희망을 가질 수 있을까? 나는 지금도 기억한다. 달빛이 은은하게 비치는 낙양의 폐허에서 이태백의 시 한 줄도 모르는 무수한 개미 떼를 보고 가여워했던 것을!

하지만 쇼펜하우어는, — 아아 철학은 그만두자. 어쨌든 우리는 저기 있는 개미와 크게 다를 게 없다는 건 분명하다. 만약 그것만이라도 분명하다면, 모든 인간다운 감정은 더더욱 소중히 해야 한다. 자연은 그저 냉담하게 우리의 고통을 바라본다. 우리는 서로를 가엽게 여겨야 한다. 하물며 살육을 즐거워하다니….

우리는 서로를 가엽게 여겨야 한다. 쇼펜하우어의 염세주의가 우리에게 가르쳐준 교훈도 그런 게 아니었을까?

난쟁이의 말

인간의 가치는 하찮은 것에서 가장 잘 알 수 있습니다. 커다란 것은 누구나 생각하고 있기 때문에 그렇게 노골적으로 자신의 하등함을 쉽게 드러내 보이지 않습니다. 하지만 하찮은 것이 되면, 인간은 그다지 생각하지 않고 행동합니다. 달리 말하면, 자연스럽게 행동하는 것입니다. 그래서 아무리 감추려고 해도 그 사람의 가치가 알게 모르게 겉으로 드러나게 됩니다. 그렇기 때문에 그 사람의 가치를 알 수 있다는 점에서 본다면, 하찮은 것은 오히려 하찮은 것이 아닙니다.

나는 지금까지 그런 하찮은 것에서 드러난 인간의 하등함을 질리도록 보아왔습니다. 그리고 그런 인간이 진절머리가 날 반큼 싫어졌습니다. 세상에는 실제로 그러한 인간들이 우글우글 모여 있습니다. 우리 서로 똑똑한 척, 잘난 척하지 않고 조용히 행복하게 살아갑시다. 그렇게만 할 수 있다면 인간으로서 얼마나 고등한지 모릅니다.

서간

세상에는 돈과 세간의 평가만을 중요하게 여기는 사람이 많습니다. 또 실제로 부자나 귀족이 잘난 체를 합니다. 하지만 부자가 잘난 체하는 것은 돈이 잘난 체하는 것이지 그 사람에게 가치가 있어서가 아닙니다. 귀족이 잘난 체하는 것도 그 지위가 잘난 체하는 것이지 그 인간이 잘나서가 아닙니다. 잘난 체하는 귀족이나 부자가 천한 것처럼 귀족이나 부자에게 고마워하는 인간도 천한 인간입니다. 그런 인간의 흉내를 내서는 안 됩니다. 학교 성적도 마찬가지입니다. 그런 거짓 명성을 목표로 해서는 안 됩니다. 자신의 진짜 가치를 목표로 삼아야 합니다. 자신의 인격에 의지해야 합니다.

서간

❀

우리는 모두 우리 자신을 부끄러워하면서, 동시에 두려워한다. 하지만 이런 사실을 솔직하게 말하는 사람은 아무도 없다.

난쟁이의 말

나는 오래된 술을 사랑하듯이, 오래된 쾌락주의를 사랑한다. 우리의 행위를 결정하는 것은 선도 악도 아니다. 오직 우리의 호불호다. 또는 우리의 쾌불쾌(快不快)다. 나는 그렇게밖에 생각할 수가 없다.

그러면 왜 우리는 극한의 추위 속에서 물에 빠져 죽을 것 같은 아이를 보고 자진해서 물속으로 뛰어드는 것일까? 사람을 구하는 것을 쾌로 여기기 때문이다. 그러면 물속에 뛰어드는 불쾌를 피해 아이를 구하는 쾌를 얻는다는 것은 어떤 기준에 따른 것일까? 더 큰 쾌를 선택한 것이다. 그러나 육체적인 쾌불쾌와 정신적인 쾌불쾌가 동일한 기준에 따르는 것은 아니다. 물론, 이 두 쾌불쾌가 전혀 양립하지 않는 것은 아니다. 오히려 바닷물과 민물처럼 하나로 녹아 있는 것이다.

난쟁이의 말

❀

우리의 신념을 지배하는 것은 언제나 파악하기 어려운 유행이다. 또는 신의 뜻을 닮은 호불호이다.

난쟁이의 말

우리는 도대체 무엇 때문에 어린아이를 사랑하는 것일까? 그 이유의 절반은 적어도 아이에게만큼은 속임을 당할 염려가 없기 때문이다.

우리가 태연히 우리 자신의 어리석음을 겉으로 드러내고도 부끄러워하지 않을 때는 어린아이를 대할 때, 또는 개나 고양이를 대할 때뿐이다.

난쟁이의 말

❀

우리가 자연을 사랑하는 이유 또는 적어도 그 이유 중의 하나는 자연이 우리 인간처럼 속이거나 질투하지 않기 때문이다.

난쟁이의 말

❀

우리가 가장 자랑하고 싶어 하는 것은 우리가 가지고 있지 않은 것뿐이다. 실례를 들면, T는 독일어에 능통했지만 그의 책상 위에는 늘 영어책뿐이었다.

난쟁이의 말

오르간티노 신부는 자기 앞에 악마를 꿇어앉히고 왜 아씨의 가마 위에 타고 있었는지 엄하게 심문했다.

"나는 아씨를 타락시키려고 했습니다. 하지만 동시에 타락시키고 싶지 않았어요. 그 맑은 영혼을 본 사람은 왜 그것을 지옥불로 더럽히고 싶은 마음이 드는 걸까요. 나는 그 영혼을 더더욱 맑게, 탁하지 않게 하고 싶었습니다. 하지만 그런 생각을 하면 할수록 점점 더 타락시키고 싶은 마음도 들었어요. 그 두 가지 마음 사이에서 고민하며 나는 가마 위에서 우리의 운명을 깊이 생각하고 있었습니다. 만약 그러지 않았다면, 당신의 그림자를 보기도 전에 땅속 깊이 모습을 감추고 이런 괴로움을 피할 수 있었겠지요. 우리는 늘 그래요. 타락시키고 싶지 않은 만큼 타락시키고 싶은 겁니다. 이렇게 이상한 슬픔이 또 어디에 있을까요? 나는 이 슬픔을 맛볼 때마다 오래전에 보았던 천국의 밝은 빛과 지금 보고 있는 지옥의 어둠이 내 작은 가슴속에서 하나가 되는 것 같은 기분이 듭니다. 부디 이런 나를 불쌍히 여겨주세요. 나는 외로워서 견딜 수가 없습니다."

아름다운 얼굴을 한 악마는 그렇게 말하며 눈물을 흘렸다.

악마

인간의 마음에는 서로 모순된 두 가지 감정이 있다. 물론 타인의 불행을 동정하지 않는 사람은 아무도 없다. 그런데 타인이 자신의 불행을 어찌어찌 극복할 수 있게 되면, 이번에는 이쪽에서 왠지 모를 시원섭섭한 기분이 든다. 조금 과장해서 말하면, 다시 한번 그 사람을 똑같은 불행에 빠뜨리고 싶은 마음마저 들게 된다. 그러다가 어느새 소극적이긴 하지만, 그 사람에게 어떤 적의를 품게 되는 것이다.

코

❀

서쪽의 밭 위에 쏟아지는 장맛비
동쪽의 마을에 개어오는 하늘
두 개의 마음을 어찌할 수 없음은
인간뿐인 줄 알았건만

시가

클레오파트라의 코가 휘어졌다면 세계사는 그 때문에 크게 달라졌을지도 모른다는 말은 파스칼의 유명한 경구다. 하지만 연인이란 좀처럼 상대방의 본모습을 제대로 보지 못하는 법이다. 아니, 우리의 자기기만은 연애에 한 번 빠졌을 때, 그때 가장 완벽하게 일어난다.

안토니우스도 예외일 수 없는데, 만약 클레오파트라의 코가 휘어졌다면, 그는 애써 그것을 보지 않으려고 했을 것이다. 만약 보지 않을 수 없는 경우였다 해도 그 단점을 메울 만한 뭔가 다른 장점을 찾았을 것이다. 이 세상에 자신의 연인만큼 수많은 장점을 가진 여자는 아무도 없을 게 분명하다. 안토니우스도 분명 우리와 마찬가지로 클레오파트라의 눈이나 입술 같은 데서 휘어진 코를 보상해줄 무언가를 넘치도록 찾아냈을 것이다.

이런 우리의 자기기만은 단지 연애에서만 일어나는 것은 아니다. 우리는 크든 작든, 대체로 우리 자신이 원하는 대로 여러 실상을 덧칠해 바꿔버린다.

예를 들어, 치과 간판만 하더라도 그것이 우리의 눈에 들어오는 이유는 간판의 존재 자체보다는 간판이 있었으면 하고 바라는 마음, 더 나아가서는 우리의 치통 때문이 아닐까?

물론 우리의 치통 따위는 세계사와는 아무 상관도 없

을 것이다. 하지만 이러한 자기기만은 분명 민심을 알고 싶어 하는 정치가에게도, 적의 동태를 알고 싶어 하는 군인에게도, 또 경제 상황을 알고 싶어 하는 기업가에게도 똑같이 일어나는 것이다.

나는 이런 자기기만을 고치는 데 필요한 이성의 존재를 부정하지는 않는다. 또한 동시에 다양한 인간사를 지배하는 '우연'의 존재도 인정한다. 그러나 열정은 이성의 존재를 쉽게 잊어버린다. '우연'은 달리 말하면 신의 뜻이다. 그렇다고 한다면, 우리의 자기기만은 세계사를 좌우할 만한, 가장 영원한 힘인지도 모른다.

다시 말해, 2천여 년의 역사는 고작 클레오파트라의 코 하나에 달린 것이 아니다. 오히려 지상에 널려 있는 우리의 우매함에 달려 있다. 웃음이 날 수밖에 없는, 그렇지만 장엄한 우리의 우매함에 달린 것이다.

부모가 자식을 양육하는 데 적합한 사람인지 아닌지는 의문스럽다. 물론 소나 말은 분명 어미에 의해 양육된다. 하지만 이런 구습(舊習)이 '자연'이라는 이름 아래 변호하고 있는 것은 분명 부모의 전횡이다. 만약 '자연'이라는 이름으로 어떠한 구습이라도 변호할 수 있다면, 우리는 먼저 미개인의 약탈 결혼도 변호해야 할 것이다.

자식에 대한 어머니의 사랑은 가장 이기심이 없는 사랑이다. 하지만 이기심 없는 사랑이 반드시 아이의 양육에 가장 적합하다고는 할 수 없다. 그러한 사랑이 자식에게 미치는 영향, 적어도 그 대부분은 아이를 폭군으로 만들거나 아니면 약자로 만든다.

인생의 비극 제1막은 부모와 자식으로 맺어진 것에서 시작한다.

예로부터 얼마나 많은 부모들이 이런 말을 되풀이해왔을까.

"난 결국 실패자였어. 하지만 이 아이만큼은 꼭 성공시켜야 해."

난쟁이의 말

"죄는 미워해도 사람은 미워하지 마라."

이것은 결코 실천하기 어려운 말이 아니다. 대부분의 자식은 대부분의 부모에게 이 격언을 분명히 실천하고 있다.

난쟁이의 말

❀

남을 조롱하는 사람은 남에게 조롱받는 것을 두려워하는 사람이다.

난쟁이의 말

❀

증오의 감정은 어느 한쪽이 우월감을 갖고 있는 이상, 일어나려고 해도 일어날 수가 없다.

희작삼매

❀

적의는 한기(寒氣)와 같은 것이다. 적당히 느껴질 때는 기분이 상쾌하고, 또 건강을 유지하기 위해서는 누구에게나 절대적으로 필요한 것이다.

난쟁이의 말

연애의 징후 중 하나는 그녀가 과거에 몇 명의 남자를 사랑했는지, 또는 어떤 남자를 사랑했는지를 떠올리며 그 가공의 남자들에게 막연한 질투심을 느끼는 것이다.

또 하나 연애의 징후는 그녀를 닮은 얼굴을 발견하는 것에 극도로 예민해진다는 것이다.

난쟁이의 말

❀

우리를 연애로부터 구출하는 것은 이성(理性)보다는 오히려 바쁨이다. 연애도 완전하게 이루어지려면 무엇보다 시간이 있어야 한다. 베르테르, 로미오, 트리스탄 — 자고이래 연인들을 생각해봐도, 하나같이 한가한 사람들뿐이다.

난쟁이의 말

❀

나는 사실 그들 부부가 사랑도 없이 서로를 껴안으며 살고 있는 것에 놀랐다. 하지만 그들은 어찌 된 일인지 어떤 연인들이 서로를 끌어안고 죽어버렸다는 것에 놀랐다.

난쟁이의 말

'사랑은 죽음보다 강하다'라는 말은 모파상의 소설 속에도 나오는 말이다. 하지만 이 세상에 사랑만이 죽음보다 강한 것은 아니다.

예를 들면 티푸스 환자가 비스킷 하나를 먹은 바람에 목숨을 잃은 것은 식욕도 죽음보다 강하다는 증거다. 식욕 외에도, 애국심, 종교적 감동, 인도적 정신, 사리사욕, 명예심, 범죄적 본능 등 세상에 죽음보다 강한 것이 많다는 것은 틀림없다. 다시 말해 모든 정열은 죽음보다 강한 것이다. (물론 죽음에 대한 정열은 예외다.)

사랑이 그런 것들 중에서 특별히 더 죽음보다 강한지 어떤지 쉽게 단언할 수는 없다. 얼핏 죽음보다 강한 사랑으로 보이기 쉬운 경우조차, 그것은 사실 우리를 지배하는 소위 프랑스의 보바리즘이다. 다시 말해, 마치 우리 자신이 신비로운 이야기 속의 연인이라도 된 것처럼 공상하는《마담 보바리》이후의 감상주의인 것이다.

난쟁이의 말

체호프는 그의 수기에서 남녀의 차이를 논했다.

—“여자는 나이가 들면서 점점 여자에게 가까워지고, 남자는 나이가 들면서 점점 여자에게서 멀어진다.”

그러나 체호프의 이 말은 남자든 여자든 나이가 들면 저절로 이성과 관계를 맺지 않게 된다는 뜻이다. 이것은 세 살 먹은 아이도 벌써부터 알고 있는 것이다. 그뿐 아니라 남녀의 차이라기보다는 오히려 남녀의 차이가 없음을 나타내는 말이라고 해야 할 것이다.

난쟁이의 말

❀

연애란 단지 성욕이 시적 표현을 받은 것이다. 적어도 시적 표현을 받지 않은 성욕은 연애라고 부를 가치가 없다.

난쟁이의 말

❀

네가 뭘 할 수 있어? 넌 한 여자를 사랑하는 것조차 못하잖아. 네가 뭘 할 수 있어?

Lies in Scarlet

원래 교사라는 자는 학과 이외의 무언가를 가르치고 싶어 하는 법이다. 도덕, 취미, 인생관, 어떤 이름을 갖다 붙여도 좋다. 어쨌든 교과서나 칠판보다 교사 자신의 심장에 가까운 무언가를 가르치고 싶어 하는 법이다.

하지만 공교롭게도 학생이라는 자는 학과 공부 말고는 아무것도 배우고 싶어 하지 않는다. 아니, 배우고 싶어 하지 않는 게 아니라, 배우는 것을 절대적으로 혐오한다.

야스키치의 수첩

❀

경험에만 의존하는 것은 소화력을 고려하지 않고 음식에만 의존하는 것이다. 또한 동시에 경험이 뒷받침하지 않은 능력에만 의존하는 것 역시 음식은 고려하지 않고 소화력에만 의존하는 것이다.

난쟁이의 말

❀

경험을 멸시하지 마라. 인간이 생존하기 위해서는 위장과 함께 음식물 또한 반드시 필요하다.

Lies in Scarlet

이성(理性)이 나에게 가르쳐준 것은 결국 이성의 무력함이었다.

난쟁이의 말

❀

불행히도 나는 알고 있다. 때로는 거짓말에 기대어 말할 수밖에 없는 진실도 있다는 것을.

난쟁이의 말

❀

만약 우리가 정직해지면, 우리는 누구도 정직해질 수 없다는 것을 바로 알게 될 것이다. 따라서 우리는 정직해지는 것에 불안을 느낄 수밖에 없는 것이다.

난쟁이의 말

❀

무지를 용서하지 마라. 자신의 무지를 용서하기 위해 타인의 무지를 용서하는 것은 가장 비겁한 자기방어이다. 무지한 자를 경멸하라.

서간

벌을 받지 않는 것만큼 괴로운 벌은 없다. 하지만 절대로 벌을 받지 않을 거라고 신이 보증해준다면 그것은 별개의 문제다.

난쟁이의 말

❀

너 자신의 악은 너 스스로 말하라. 그러면 그 악은 저절로 소멸할 것이다.

갓파

❀

언행일치라는 호평을 얻기 위해서는 먼저 자기변호에 뛰어나야 한다.

난쟁이의 말

❀

자기를 변호하는 것은 타인을 변호하는 것보다 어렵다. 이 말이 의심스러우면 변호사를 보라.

갓파

도덕은 편의의 또 다른 이름이다. '좌측통행'과 비슷하다.

도덕이 주는 혜택은 시간과 노력의 절약이다. 도덕이 끼치는 손해는 완전한 양심의 마비다.

함부로 도덕에 반하는 자는 경제 관념이 부족한 사람이다. 함부로 도덕에 굴하는 자는 겁쟁이거나 게으름뱅이다.

우리를 지배하는 도덕은 자본주의의 독에 물든 봉건시대의 도덕이다. 우리는 대부분 그것으로부터 손해 외에 어떠한 혜택도 받지 않았다.

강자는 도덕을 유린할 것이다. 약자는 도덕의 애무를 받을 것이다. 도덕의 박해를 받는 자는 언제나 강자와 약자 사이의 중간자이다.

도덕은 언제나 낡은 옷이다.

난쟁이의 말

양심은 턱수염처럼 나이와 함께 자라는 것이 아니다. 우리가 양심을 얻으려면 약간의 훈련이 필요하다.

한 국민의 90퍼센트 이상은 평생 양심을 갖지 않는 사람들이다.

우리의 비극은 나이가 어리거나 훈련이 부족한 탓에 아직 양심을 갖기도 전에 파렴치한이라는 비난을 받는 것이다.

우리의 희극은 나이가 어리거나 훈련이 부족한 탓에 파렴치한이라는 비난을 받고 나서야 비로소 양심을 갖게 되는 것이다.

양심은 엄숙한 취미다.

양심은 도덕을 만들 수 있을지도 모른다. 그러나 도덕은 지금까지 단 한 번 양심의 양(良)자조차 만든 적이 없다.

모든 취미가 그렇듯이 양심에도 병적인 애호가가 있다. 그 애호가들의 십중팔구는 총명한 귀족이나 부자이다.

난쟁이의 말

천재란 고작해야 우리와 한 걸음 떨어진 사람이다. 다만 이 한 걸음을 이해하기 위해서는 100리(里)의 반이 99리가 되는 초수학을 알아야 한다.

난쟁이의 말

❀

천재란 고작해야 우리와 한 걸음 떨어진 사람이다. 동시대는 언제나 그 한 걸음이 천 리라는 것을 이해하지 못한다. 그리고 후세대는 그 천 리가 한 걸음이라는 것을 알지 못한다. 동시대는 그 때문에 천재를 죽였다. 그리고 후세대는 그 때문에 천재 앞에 향을 피운다.

난쟁이의 말

❀

천재조차도 저마다 극복하기 힘든 어떤 한계에 구속받는다. 그 한계를 발견하는 것은 조금 쓸쓸함을 안겨줄 때도 있다. 하지만 그것은 어느새 오히려 친밀감을 주게 되는 법이다. 마치 대나무는 대나무이고, 담쟁이덩굴은 담쟁이덩굴이라는 걸 알게 되는 것처럼.

난쟁이의 말

예로부터 모든 천재는 평범한 사람의 손이 닿지 않는 벽에 박힌 못에 모자를 걸었다. 물론 발판이 없었던 것은 아니다.

하지만 그런 발판은 어느 고물상에든 굴러다니고 있다.

난쟁이의 말

❀

2+2=4라는 것은 진실이다. 그러나 사실 그 플러스 사이에는 무수한 인자(因子)가 있다는 것을 인정해야 한다. 다시 말해, 모든 문제는 그 플러스 안에 들어 있다.

열 개의 바늘

❀

우리의 생활에 필요한 사상은 3천 년 전에 이미 다 만들어졌는지도 모른다. 우리는 그저 오래된 장작에 불을 더 지피기만 할 뿐이다.

갓파

❀

독단을 비웃는 자는 그 자체가 독단임을 알지 못한다.

Lies in Scarlet

서양 잡지에 실린 글에 따르면, 1921년 9월 파리에 아나톨 프랑스의 동상이 세워졌을 때, 그가 직접 제막식에 나와 연설한 적이 있다고 한다. 얼마 전 그때의 연설문을 읽다가 이런 구절을 발견했다.

"내가 인생을 알게 된 것은 사람을 접한 결과가 아니라 책을 접한 결과다."

하지만 세상 사람들은 책과 친하게 지낸다고 하더라도 인생은 알 수 없는 것이라고 말할지도 모른다.

또 언젠가 르누아르는 "그림을 배우려는 사람은 미술관에 가라."라고 말한 적이 있다. 하지만 세상 사람들은 그림을 배우려면 옛 명화를 보는 것보다는 자연을 보고 배우라고 말할지도 모른다.

세상 사람들은 늘 이런 식으로 말을 한다.

조코도 잡기

대중은 스캔들을 좋아하는 법이다. 뱌쿠렌 사건, 아리시마 사건, 무샤노코지 사건…, 대중은 이런 사건들을 보면서 얼마나 더없는 만족을 느꼈던가. 그러면 왜 대중은 스캔들, 특히 세상에 이름이 알려진 타인의 스캔들을 좋아하는 것일까?

구르몽은 이렇게 말했다.

"감춰진 자신의 추문도 당연한 것처럼 보이니까."

구르몽의 답은 옳았다. 하지만 단지 그것만은 아니다. 스캔들조차도 일으키기 어려운 세상 사람들은 모든 유명인사들의 스캔들 속에서 소심한 자신들을 변호할 적당한 무기를 발견하는 것이다. 또한 동시에 실제로는 존재하지도 않는 자신들의 우월함을 내세울 토대를 발견하는 것이다.

"난 뱌쿠렌 여사만큼 미인은 아니지만, 그래도 뱌쿠렌 여사보다는 정숙해."

"난 아리시마 씨만큼 머리가 좋진 않지만, 아리시마 씨보다는 세상을 잘 알지."

"난 무샤노코지 씨만큼…."

대중은 이렇게 말하고 돼지처럼 행복하게 숙면을 취했을 것이다.

나는 사람을 죽일 때 허리에 찬 칼을 쓰지만, 당신들은 칼을 쓰지는 않아도 권력으로 죽이고, 돈으로 죽이고, 또 여차하면 그럴듯한 거짓말로 죽이기도 하지요.

물론 피가 나지는 않으니까 사람은 멀쩡히 살아 있겠지요. 하지만 그래도 죽인 겁니다. 죄가 깊은 정도를 따져보면 당신들이 나쁜지 내가 나쁜지, 어느 쪽이 더 나쁜지는 모르는 겁니다.

덤불 속

❀

내가 과연 미치광이인지 아닌지, 그건 전적으로 선생의 판단에 맡기겠습니다. 하지만 설령 미치광이라 하더라도, 나를 미치광이로 만든 건 우리 인간의 마음속에 숨어 있는 괴물이 아닙니까? 그 괴물이 있는 한, 오늘 나를 미치광이라고 비웃는 사람들 역시 내일은 나와 마찬가지로 미치광이가 되지 말라는 법도 없습니다.

의혹

관리라는 자는 남을 문책하면 할수록 자신의 꼬리가 드러나는 게 재밌지 않습니까? 자신들이 뇌물을 받으니까 뇌물에 관한 글을 쓰면 싫다고 다시 쓰라고 합니다. 또 자신들이 외설스러운 마음에 사로잡히기 쉬우니까 남녀의 정에 대해 쓰기만 하면 어떤 책이든 바로 음란 서적으로 만들어버리지요. 그러면서 자신의 도덕심이 작가보다 더 강하다고 생각하니까 참으로 딱한 일입니다. 말하자면 그건 원숭이가 거울을 보며 이빨을 드러내는 것과 같은 거죠. 자신이 자신의 하등함에 화를 내고 있는 거니까요.

희작삼매

❀

바보는 항상 자신 이외의 사람을 바보라고 믿는다.

난쟁이의 말

나는 국가를 위해 전부를 희생하는 걸 부정하는 것이 아니다. 다만, 왜 그래야 하는지 이유를 듣고 싶을 뿐이다.

Lies in Scarlet

❀

왜구라는 말은 우리 일본인도 충분히 열강의 대열에 낄 수 있는 능력이 있다는 것을 나타내는 것이다. 우리 일본인은 '황금의 섬'을 찾으러 떠난 스페인인, 포르투갈인, 네덜란드인, 영국인들에게 도적질, 살육, 간음 같은 것에서 결코 뒤지지 않는다.

난쟁이의 말

❀

일본인이 2천 년 이래로 군주에게 충성하고 부모에게 효도했다고 생각하는 것은 일본 신화 속의 신(神) 하루타히코노미코토가 화장품을 발랐다고 생각하는 것과 마찬가지다. 이제 슬슬 있는 그대로의 역사적 사실을 꿰뚫어 보아야 하지 않을까?

난쟁이의 말

여론은 언제나 린치다. 또한 린치는 언제나 오락이다. 설령 권총 대신 신문 기사를 이용한다고 하더라도.

여론이 존재할 가치가 있는 이유는 오직 여론을 짓밟는 흥미를 제공한다는 것뿐이다.

난쟁이의 말

❀

우상을 파괴하는 것에 이의를 제기하는 사람은 아무도 없다. 동시에 자기 자신이 우상이 되는 것에 이의를 제기하는 사람 또한 아무도 없다. 하지만 우상의 자리에 편하게 앉아 있을 수 있는 사람은 오직 신의 은혜를 입은 자 — 즉, 바보이거나 악인이거나 영웅이다.

갓파

❀

가장 큰 불쾌함은 현재의 제도가 가진 결점에서 오는 것이 아니라, 제도의 불가피함을 인정하는 동시에 그것의 결점을 발견하는 데서 오는 것이다.

수첩

민중은 온건한 보수주의자다. 제도, 사상, 예술, 종교 등 뭐든지 민중에게 사랑을 받으려면 앞 시대의 예스러운 색을 띠어야 한다. 그렇기 때문에 소위 민중 예술가들이 민중에게 사랑받지 못하는 것은 꼭 그들만의 잘못은 아니다.

민중의 어리석음을 발견하는 것이 꼭 자랑스러워할 일은 아니다. 하지만 자기 자신도 역시 민중이라는 사실을 발견하는 것은 어쨌든 충분히 자랑스러워할 만한 일이다.

옛사람들은 민중을 어리석게 만드는 것을 나라를 다스리는 원칙의 하나로 삼았다. 그리하여 그보다 더 어리석게 만드는 것이 가능하도록. 또는 어찌어찌하면 현명하게 만드는 것도 가능하도록.

난쟁이의 말

❀

민중은 인격이나 사업의 위대함에 휘둘리는 것을 좋아한다. 하지만 그 위대함을 마주하는 것은 유사 이래로 좋아한 적이 없다.

난쟁이의 말

예로부터 정치적 천재란 민중의 의지를 자신의 의지로 삼는 사람이라고 생각했다. 하지만 사실은 정반대로, 정치적 천재란 오히려 자신의 의지를 민중의 의지로 만드는 사람이다. 적어도 그것이 민중의 의지인 것처럼 믿게 만드는 사람을 말한다. 그렇기 때문에 정치적 천재는 천재적 배우이기도 한 것 같다.

난쟁이의 말

❀

민중은 대의를 믿기 마련이다. 하지만 정치적 천재는 언제나 대의 그 자체에는 동전 한 푼도 내려고 하지 않는다. 다만 민중을 지배하기 위해서는 대의라는 가면을 이용하지 않으면 안 된다. 그러나 대의라는 가면은 한번 이용했다가는 그길로 영원히 벗을 수가 없다. 만약 억지로 벗으려고 하면, 어떤 정치적 천재도 그 즉시 비명횡사할 수밖에 없다. 다시 말하면, 제왕도 왕관 때문에 자진해서 지배를 받고 있는 것이다.

난쟁이의 말

정의는 무기와 비슷하다. 무기는 돈만 주면 적이든 아군이든 살 수 있다. 정의도 이유만 갖다 붙이면 적이든 아군이든 살 수 있는 것이다. 예로부터 '정의의 적'이라는 이름은 서로를 향해 포탄처럼 퍼부어졌다. 하지만 수사(修辭)에 끌려들어가지 않는 한, 어느 쪽이 진짜 '정의의 적'인지 분명했던 적은 거의 없다.

난쟁이의 말

❀

과거라는 복도에는 어두컴컴한 속에 온갖 정의가 진열되어 있다. 청룡도를 닮은 것은 유교가 가르치는 정의이다. 기사의 창을 닮은 것은 기독교가 가르치는 정의이다. 여기에 굵은 곤봉이 있다. 이것은 사회주의자의 정의일 것이다. 저기에 술이 달린 장검이 있다. 저것은 국가주의자의 정의일 것이다. 나는 그런 무기들을 보면서 수많은 전쟁을 상상하고, 나도 모르게 심장이 고동친 적이 있다. 하지만 아직 다행인지 불행인지, 나 스스로 그 무기 중의 하나를 잡고 싶다고 생각한 기억은 없다.

난쟁이의 말

무기 그 자체는 두려워할 것이 아니다. 두려워해야 할 것은 무인의 기량이다. 정의 그 자체도 두려워할 것이 아니다. 두려워해야 할 것은 선동가의 웅변이다.

난쟁이의 말

❀

무기를 잡게 만드는 것은 언제나 적에 대한 공포심이다. 더구나 종종 실재하지도 않는 가공의 적에 대한 공포심이다.

난쟁이의 말

❀

인생은 언제나 복잡하다. 복잡한 인생을 간단하게 만드는 것은 폭력 말고는 없다. 그렇기 때문에 석기 시대의 두뇌밖에 갖지 못한 문명인은 때때로 논쟁보다 살인을 더 좋아하는 것이다.

그러나 권력도 결국은 특허 받은 폭력이다. 우리 인간을 지배하기 위해서도 폭력은 늘 필요할지 모른다. 혹은 필요하지 않을지도 모른다.

난쟁이의 말

이상적인 병사는 적어도 상관의 명령에 절대 복종해야 한다. 절대 복종한다는 건 절대로 비판하지 않는다는 것이다. 다시 말해, 이상적인 병사는 먼저 이성을 잃어야만 한다.

이상적인 병사는 적어도 상관의 명령에 절대 복종해야 한다. 절대 복종한다는 건 절대로 책임을 지지 않는다는 것이다. 다시 말해, 이상적인 병사는 먼저 무책임함을 즐겨야만 한다.

난쟁이의 말

❀

혁명에 혁명을 거듭한다 해도 우리 인간의 생활은 '선택받은 소수'를 제외하면 늘 암담하다. 게다가 그 '선택받은 소수'란 '바보와 악당'의 또 다른 이름일 뿐이다.

난쟁이의 말

❀

혁명에 또 혁명을 거듭하라. 그러면 우리는 지금보다 더 합리적으로 이 세상의 고통을 맛보게 될 것이다.

난쟁이의 말

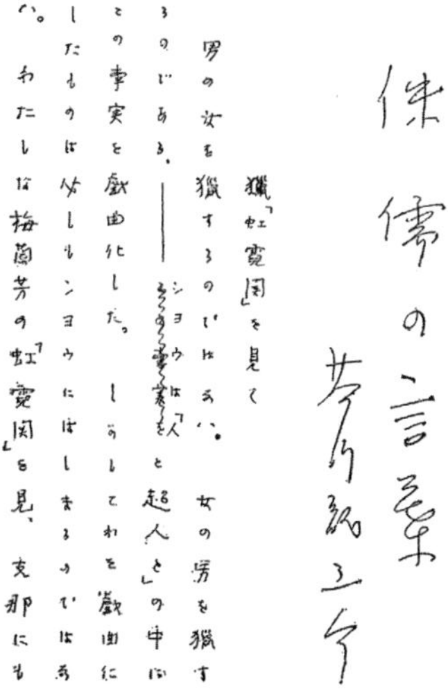
侏儒の言葉
芥川龍之介
「虹霓関」を見て
男の女を猟するのではない。女の男を猟す
るのである。――ショウは「人と超人と」の中に
この事実を戯曲化した。しかしこれを戯曲に
したものは必しもショウにはじまるのではな
い。わたしは梅蘭芳の「虹霓関」を見、支那にも

〈난쟁이의 말〉 자필 원고

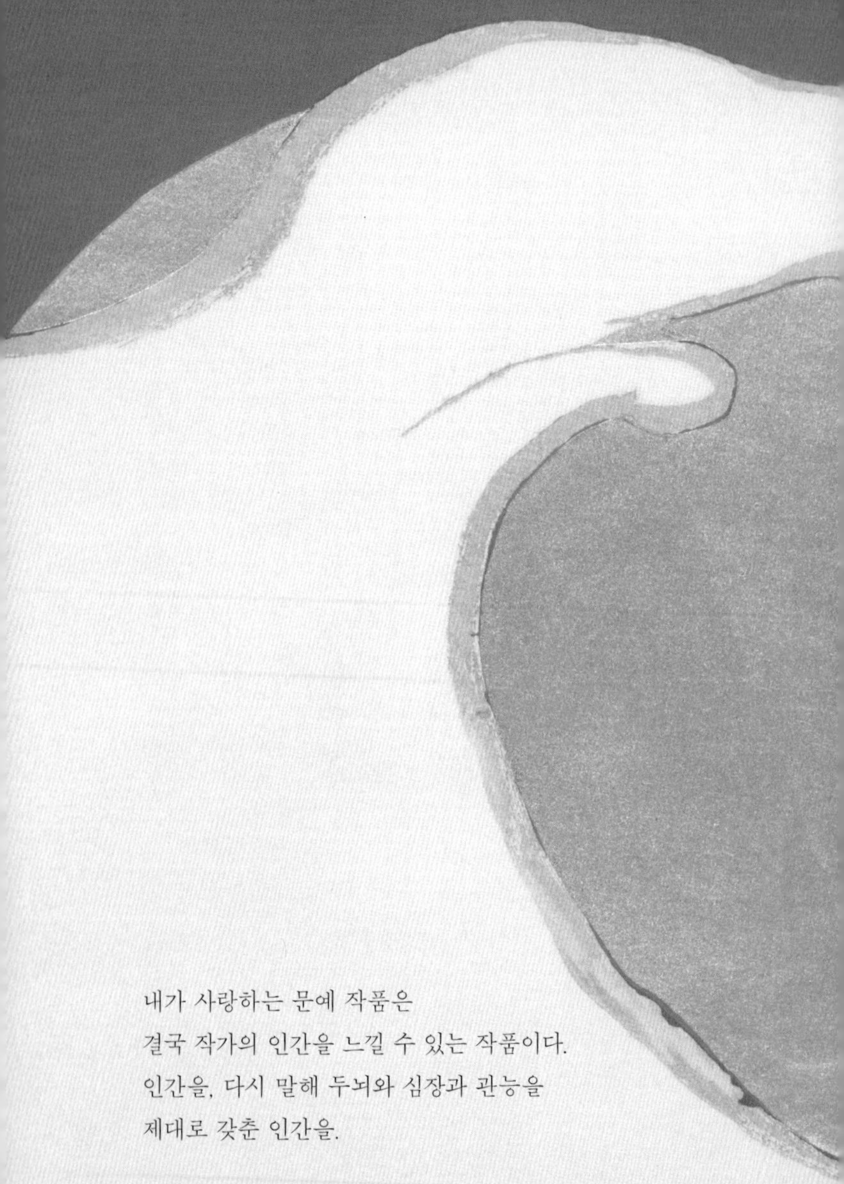

내가 사랑하는 문예 작품은
결국 작가의 인간을 느낄 수 있는 작품이다.
인간을, 다시 말해 두뇌와 심장과 관능을
제대로 갖춘 인간을.

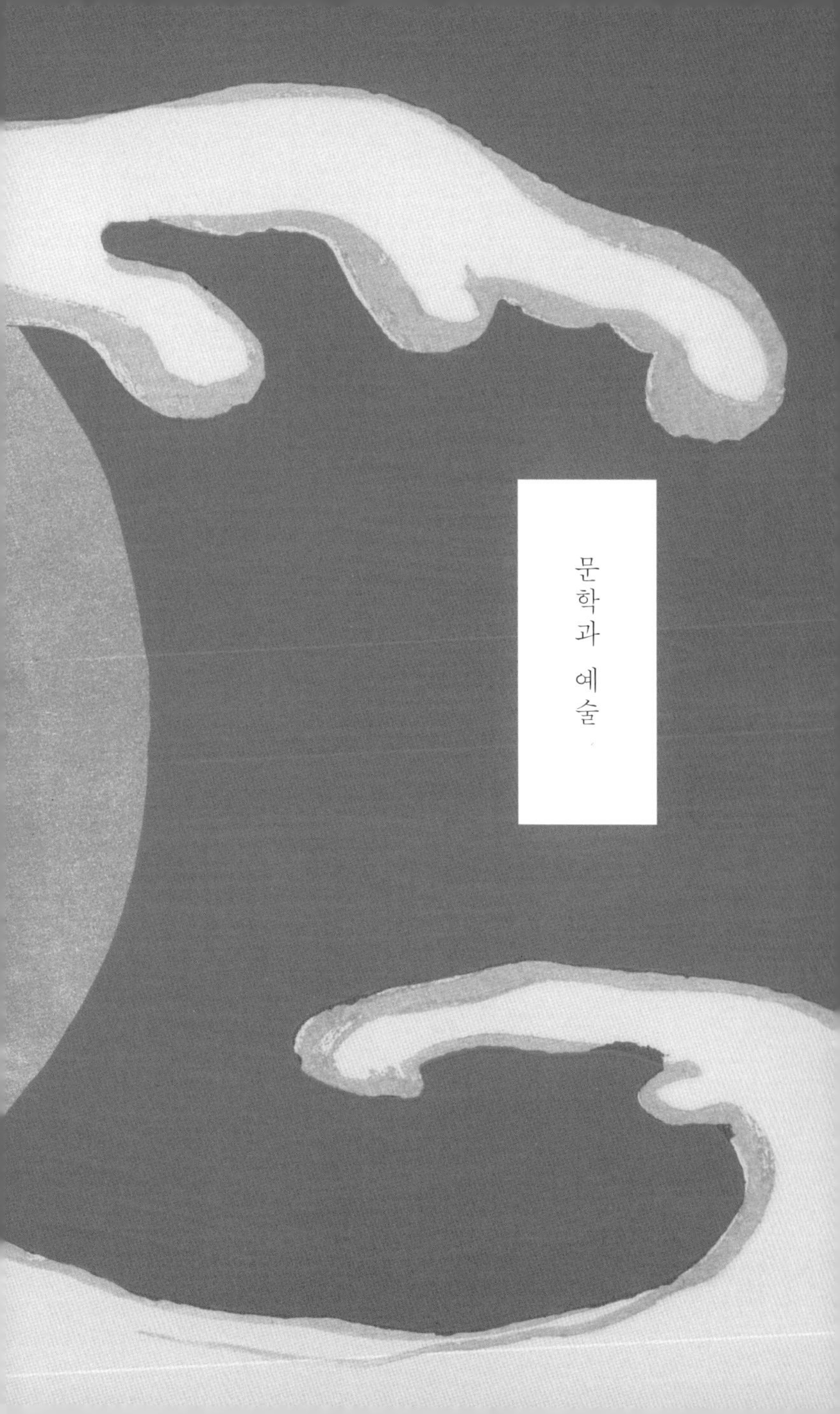

문학과 예술

예술의 영역에 미완성품이란 없다. 있다면 그것은 질 낮은 완성품일 뿐이다.

Lies in Scarlet

❀

예술가는 무엇보다 작품의 완성을 기해야 한다. 그렇지 않으면 예술에 봉사하는 게 무의미해질 것이다. 설령 인도적인 감동을 추구한다 해도, 단지 그것만을 추구한다면 설교만 들어도 얻을 수 있다. 예술에 봉사하는 이상, 작품이 주는 것은 무엇보다도 예술적인 감동이어야 한다. 그러기 위해서는 오직 작품의 완성을 기하는 것 말고는 다른 방법이 없다.

예술 그 외

❀

완성이란 읽어서 빈틈이 없는 작품을 만들어내는 것이 아니라, 분화·발달한 예술적 이상들을 하나하나 완전하게 실현하는 것이다. 이렇게 하지 못하는 예술가는 부끄러워해야 한다. 따라서 위대한 예술가란 그 완성의 영역이 가장 큰 예술가이다. 예를 들면 괴테 같은.

예술 그 외

위험한 것은 기교가 아니라 그 기교를 구사하는 잔재주다. 잔재주는 진지함이 부족한 부분을 어물쩍 넘겨버리기 쉽다. 부끄럽지만 나의 졸작 중에는 그렇게 잔재주만 부려서 쓴 작품도 있다. 이것은 어떤 나의 적이 말한다고 해도 기꺼이 인정할 수밖에 없는 진실이다.

예술 그 외

❀

예술은 표현으로 시작해서 표현으로 끝난다. 그림을 그리지 않는 화가, 시를 쓰지 않는 시인, 이런 말은 비유로 쓰일 때 말고는 아무 의미도 없는 말이다. 희지 않은 백묵이라는 말보다 더 어리석은 말이라고 생각해야 한다.

예술 그 외

❀

예술을 위한 예술은 자칫 잘못하면 예술 유희설로 전락한다.

인생을 위한 예술은 자칫 잘못하면 예술 공리설로 전락한다.

예술 그 외

나는 예술상의 온갖 반항 정신에 공감한다. 설령 그것이 때로는 나 자신에 대한 반항 정신이라 할지라도.

예술 그 외

❀

예술 활동은 어떤 천재에게도 의식적인 것이다. 이 말이 의미하는 바는 이런 것이다. 예를 들어 예운림(倪雲林)* 이 돌 위의 소나무를 그릴 때, 소나무 가지를 모조리 한쪽 방향으로만 뻗은 모양으로 그렸다고 하자. 그때 소나무 가지를 그렇게 그린 것이 그림에 어떠한 효과를 어떤 식으로 주는지, 운림이 알았는지 어땠는지는 우리가 알 수 없다. 하지만 그렇게 뻗은 모양 때문에 그림에 어떠어떠한 효과가 생긴다는 것은 충분히 알고 있었다. 만약 그걸 알지 못했다면 운림은 천재도 무엇도 아니다. 그저 일종의 자동인형일 뿐이다.

예술 그 외

* 14세기 중국의 산수화가.

내용이 시작이고 형식은 끝이다. — 이런 말이 유행하고 있는데, 얼핏 맞는 것 같지만 틀린 말이다. 작품의 내용이란 필연적으로 형식과 하나가 된 내용이다. 먼저 내용이 있고 형식은 나중에 만들어내는 거라고 생각하는 사람은 창작의 진리를 보지 못하는 사람이다.

간단한 예를 봐도 알 수 있다. 입센의《유령》에서 오스왈드가 "태양을 원해"라고 한 말은 누구나 그 의미를 대충은 이해할 수 있다. 그렇다면 '태양을 원해'라는 말의 내용은 무엇일까. 일찍이 쓰보우치 박사는《유령》을 해설할 때 이 문장을 '어둡다'라고 번역했다. 물론 '태양을 원한다'와 '어둡다'는 이론적으로는 같을지 모르지만, 그 말의 내용에서 보면 서로 너무 동떨어져 있다. '태양을 원한다'라는 그 장엄한 말의 내용은 오직 '태양을 원해'라는 형식이 아니고는 표현할 수 없다. 내용과 형식이 하나가 된 전체를 적확하게 붙잡을 수 있었던 것이 입센의 위대한 점이다.

형식은 내용을 그럴듯하게 꾸며낸 것이 아니다. 형식은 내용 속에 있는 것이고, 또는 그 반대이다. 이 미묘한 관계를 이해하지 못하는 사람에게 예술은 영원히 닫혀 있는 책일 뿐이다.

예술 그 외

하지만 잘못된 형식 중시론을 신봉하는 것도 재앙이다. 어쩌면 잘못된 내용 중시론을 신봉하는 것보다 실제로는 더 큰 재앙일 것이다. 후자는 적어도 별 대신에 운석 정도는 준다. 하지만 전자는 반딧불이를 보고도 별이라고 생각할 것이다. 소질, 교육 등의 면에서 내가 늘 조심하는 것은 이런 잘못된 형식 중시론자의 갈채 따위에 들뜨지 않는 것이다.

예술 그 외

❀

기교를 경멸하는 자는 애초에 예술을 모르거나, 그렇지 않으면 기교라는 말을 나쁜 의미로 사용하고 있거나 둘 중의 하나일 것이다. 나쁜 의미로 사용해놓고, '그건 안 돼' 하고 잘난 체하는 것은 마치 채식을 인색의 또 다른 이름이라고 생각하고 세상의 모든 채식주의자를 구두쇠라고 부르는 것과 같은 것이다.

그런 식의 경멸이 무슨 의미가 있겠는가. 모든 예술가는 더더욱 기교를 갈고닦아야 하는 법이다. 영혼으로 쓴다는 둥, 생명으로 쓴다는 둥, 그런 금박 장식만 요란한 말은 중학생에게 설교할 때나 하면 된다.

예술 그 외

단순함은 중요하다. 하지만 예술에서 말하는 단순함이란 복잡함이 극에 달한 단순함이다. 기름틀로 짜고 또 짜낸 후의 단순함이다. 그 단순함을 얻을 때까지 얼마나 많은 창작의 고통을 겪어야 할까. 이것을 깨닫지 못하는 사람은 육십 겁의 윤회를 거친다 해도 여전히 아이처럼 조잘대면서 데모스테네스보다 더 나은 웅변이라고 거들먹거릴 것이다. 그런 가벼운 단순함보다 차라리 복잡한 단순함이 얼마나 더 진정한 단순함에 가까운지 모른다.

예술 그 외

❀

예술을 이해하고 못 하고는 말로 설명할 수 없다. 물이 찬지 뜨거운지는 스스로 마셔보고 아는 수밖에 없다. 예술을 이해하는 것도 그와 다를 바 없다. 미학책만 읽으면 비평가가 될 수 있다고 생각하는 것은 여행안내서만 읽으면 어디를 가더라도 길을 헤매지 않을 거라고 생각하는 것과 같다. 그래도 세상 사람들은 속아 넘어갈지도 모른다. 하지만 예술가는 —.

예술 그 외

예로부터 열렬한 예술지상주의자는 대개 예술적으로 거세된 자다. 마치 열렬한 국가주의자가 대개 망국의 백성인 것처럼. — 우리는 누구나 우리 자신이 이미 가지고 있는 것은 원하지 않는다.

난쟁이의 말

❀

예술은 어떠한 것의 지배도 받지 않는, 예술을 위한 예술이다. 따라서 예술가라는 사람은 무엇보다 먼저 선악을 초월한 초인이어야 한다.

갓파

❀

"예술은 유희가 아니다." — 이런 말을 할 정도로 현대 사회는 유희에 대한 견해가 타락한 것이다. 그러나 예술에 대한 견해는 그 덕분에 조금도 진보하지 않았다.

Lies in Scarlet

예술을 감상한다는 것은 예술가 자신과 감상자 간의 협력이다. 말하자면 감상자는 하나의 작품을 과제로 삼아 자신의 창작을 시험해보는 것이다. 그렇기 때문에 어느 시대에도 명성을 잃지 않는 작품은 반드시 다양한 감상을 할 수 있다는 특징이 있다.

그러나 다양한 감상을 할 수 있다는 것은 아나톨 프랑스가 말했듯이, 왠지 모호하게 만들어졌기 때문에 어떤 해석을 갖다 붙여도 된다는 뜻은 아니다. 오히려 여산(廬山)의 봉우리처럼 여러 위치에서 감상할 수 있는 다면성이 있다는 말일 것이다.

난쟁이의 말

❀

예로부터 세상에는 앞사람이 만든 커다란 꽃다발이 하나 있었다. 그 꽃다발에 한 송이의 꽃을 더하는 것만으로도 대단한 일이다. 그러기 위해서는 새로운 꽃다발을 만들 때만큼의 마음가짐 또한 필요할 것이다. 어쩌면 그런 마음가짐은 착각일지도 모른다. 하지만 그것을 그저 착각이라고 웃어넘겨버린다면 지금까지의 모든 예술적 천재들도 역시 착각을 좇고 있었던 것이리라.

문예적인, 너무나 문예적인

나는 나와 동시대의 모든 조형미술 애호가들과 마찬가지로 그 침통한 힘으로 가득한 고흐에 심취한 한 사람이었다. 하지만 언제부턴가 우아한 아름다움의 극치를 이룬 르누아르에게 흥미를 느끼기 시작했다. 그것은 어쩌면 내 안에 있는 도시인이 한 일인지도 모르겠다. 또한 동시에 르누아르를 경멸하는 당시 애호가들의 경향에 심사가 뒤틀린 적도 있었다.

하지만 10년 남짓 지나고 보니, 물론 멋지게 완성된 르누아르는 여전히 나를 감동시키지만, 고흐의 사이프러스 나무와 태양은 또다시 나를 유혹한다. 이것은 어쩌면 오렌지색 여인의 유혹과는 다른 것인지도 모른다. 뭔가 절박한 것에 비유하자면, 우리의 영혼 밑바닥에서 필사적으로 표현을 갈구하고 있는 무언가에 예술적 식욕이 자극을 받은 것과 비슷한 것이다.

문예적인, 너무나 문예적인

❀

그림을 겉핥기식으로만 아는 화가는 대개 추한 것의 아름다움을 알 리가 없습니다.

지옥변

한때 방탕하게 산 적만 있으면 예술을 이해하게 된다고 잘난 체하는 무리가 있다. 또 요즘은 도덕이나 종교 같은 것을 논하면서, 마쓰오 바쇼나 레오나르도 다빈치도 단번에 이해했다는 듯한 표정을 짓는 무리가 있다. 다빈치는 말할 것도 없고, 바쇼도 그 위대함을 대충이라도 이해하려면 상당히 고생해야 한다. 특히 말세의 우리에게는 죽을힘을 다해 애를 써도 여전히 이해할 수 없는 바쇼의 위대함이 남아 있을지도 모른다.

이해한다는 것은 세상 사람들이 생각하는 것만큼 쉽게 할 수 있는 일이 아니다. 예술에 뜻을 둔 이상, 이미 이해한 것도 또 이해하려고 하는 마음을 갖는 것이 중요하다.

잡필

❀

예술적 이해가 투철할 때 모방은 이미 모방이 아니라 오히려 자타의 융합에서 저절로 꽃이 핀 창조다. 모방의 흔적을 따져본다면, 어떤 고금의 작품이라도 완전히 새로운 것은 없다. 하지만 독자성의 토대를 따져본다면, 어떤 고금의 작품이라도 완전히 낡은 것은 없다.

편견

우리는 비록 의식하지 못할지라도 자신도 모르게 앞사람의 발자취를 좇고 있다. 우리가 독창적이라고 부르는 것은 앞사람의 발자취에서 아주 조금 벗어난 것일 뿐이다. 그것도 겨우 한 발짝 정도, 아니 한 발짝이라도 나아갈 수 있다면 한 시대를 떠들썩하게 할 것이다. 그뿐 아니라 의도적으로 그것에 반역하려고 하면 할수록 점점 더 앞사람의 발자취에서 벗어날 수가 없다.

나는 의리로라도 예술상의 반역에 찬성하고 싶은 사람이다. 하지만 사실 반역자가 보기 드문 것은 아니다. 어쩌면 앞사람의 발자취를 따른 사람보다 훨씬 더 많을 것이다. 그들은 정말로 반역을 했지만 무엇에 반역할 것인지를 분명히 느끼지는 못했다. 그들의 반역은 대개 앞사람보다는 앞사람을 추종한 사람들에 대한 반역이었다. 만약 그들이 앞사람의 존재를 느꼈다면, 거기에 반드시 앞사람의 발자취를 남겼을 것이다.

문예적인, 너무나 문예적인

예술은 생활의 과잉이라고 하는데, 과연 그렇다는 생각도 든다. 그러나 인간을 인간답게 만드는 것은 언제나 생활의 과잉이다. 우리는 인간의 존엄을 위해 생활의 과잉을 만들어야 한다. 그뿐만 아니라 그 과잉을 커다란 꽃다발로 멋지게 마무리해야 한다. 생활에 과잉이 존재하도록 하는 것은 생활을 풍부하게 만드는 것이다.

대지진 잡기

❀

평범한 재능을 가진 자의 작품은 대작이라 하더라도 창문이 없는 방과 비슷하다. 인생을 전망하는 데는 조금도 도움이 되지 않는다.

난쟁이의 말

❀

나는 인생에 전망을 부여하는 것이 세계 문학의 주류라고 생각한다.

신조 합평회

물을 가장 갈구하는 사람은 물통에 물을 채우지 않은 채 낙타 등에 오른 여행객이다. 정의를 가장 갈구하는 사람은 사회에서 정의를 찾지 못하는 자본주의 하의 혁명가이다. 이렇게 우리 인간이 가장 절실히 바라는 것은 우리에게 가장 부족한 것이다. 여기까지는 아무도 의심하는 자가 없을 것이다.

그러나 이것이 진리라고 한다면, 다리를 가장 갈구하는 사람은 다리가 절단된 패잔병이다. 사랑을 가장 갈구하는 사람은 실연한 연인이다. 이 논리에 따르면, 진지함을 가장 갈구하는 사람, 즉 진지함을 갈구하는 소설가, 진지함을 갈구하는 평론가, 진지함을 갈구하는 극작가는 하나같이 자신의 마음속에 진지함이 결여된 속물이다. 그들은 애초에 남이 진지하지 못하다는 따위의 말을 할 처지가 아닌 것이다. 하물며 희극적 정신의 소유자에게 비난을 가하는 건 가장 주제넘은 짓이다.

또한 역사의 가르침에 따르면, 예로부터 정말로 진지한 예술가는 조금도 진지함을 내세우지 않는다. 그들의 작품에는 많든 적든 억누를 수 없는 웃음이 감돌고 있다.

생각하는 대로

여러분은 청년들이 예술 때문에 타락할까 봐 두려워한다. 하지만 안심하라. 여러분만큼은 쉽게 타락하지 않을 테니까.

여러분은 예술이 국민을 해롭게 할까 봐 두려워한다. 하지만 안심하라. 적어도 예술이 여러분에게 해를 끼치는 것은 절대 불가능하다. 2천 년 이래 예술의 매력을 이해하지 못하는 여러분에게 해를 끼친다는 건.

난쟁이의 말

❀

읽어도 읽어도 질리지 않는, 또한 읽을 때마다 오히려 지금까지 알아차리지 못한 아름다움이 스며 나오는 것, 그런 스타일이 진짜 스타일입니다. 진짜 스타일은 지금도 손꼽을 정도밖에 되지 않습니다.

진짜 스타일

'Ars longa, vita brevis'라는 문장을 '예술은 길고, 인생은 짧다'라고 번역하는 것은 좋다. 하지만 세상 사람들이 이 문장을 쓰는 것을 보면, '사람은 죽어도 업적은 남는다'는 의미로 사용하고 있다. 하지만 그것은 일본인이나 일본 문학자들이 지레짐작한 것이다. 히포크라테스의 가장 중요한 이 아포리즘에 그런 의미는 들어 있지 않다. 지금의 서양인들이 이 구절을 사용할 때도 역시 그런 뜻으로는 쓰지 않는다.

'예술은 길고, 인생은 짧다'라는 말은 '인생은 짧기 때문에 아무리 온 힘을 다해 노력한다 해도 한 가지 기예를 얻기란 쉽지 않다'는 뜻이다. 이런 것을 설명하는 건 중학교 선생이 해야 하는 일일지도 모른다. 하지만 최근 우리를 가르치려 드는 비평가 중에도 이 문장을 잘못 알고 있는 사람이 있다. 문단에도 딱한 일이다.

어설프게 남을 가르치려 들기 전에 먼저 자신을 가르치는 것이 좋다.

잡필

소설은 모든 문예 중에서 가장 비예술적인 것으로 생각하라. 문예 중의 문예는 시뿐이다. 말하자면 소설은 소설 속의 시에 의해 문예로 자리잡고 있을 뿐이다. 따라서 사실은 역사나 전기와 조금도 다를 것이 없다.

소설 작법 열 가지

❀

소설가는 시인이면서 역사가이자 전기 작가다. 따라서 한 시대, 한 국가의 삶과 서로 이어져 있어야만 한다.

소설 작법 열 가지

❀

소설가적 재능은 시인적 재능, 역사가적 또는 전기 작가적 재능, 그리고 처세적 재능, 이 세 가지로 귀결된다. 이 셋이 상충하지 않게 하는 것은 앞사람들에게도 지극히 힘든 일이었다.

소설 작법 열 가지

비교적 평화로운 일생을 살고 싶으면 소설가가 되지 않는 것이 가장 좋다. 비교적 평화로운 일생을 보낼 수 있는 소설가는 그들 자신의 전기에서 세세한 부분까지는 밝혀지지 않은 소설가임을 늘 기억해야 한다.

소설 작법 열 가지

❀

소설가가 현세에서 비교적 평화로운 생을 보내려면, 다른 무엇보다 처세적 재능을 단련해야 한다. 다만 이것이 독창적인 작품을 남길 수 있는 방법은 아니다. (물론 서로 모순되는 것도 아니다.) 처세적 재능이란, 위로는 운명을 지배하고 아래로는 어떤 바보에게도 공손하게 대하는 것이다.

소설 작법 열 가지

❀

문예란 문장에 표현을 맡기는 예술이다. 따라서 소설가는 당연히 문장 훈련을 게을리해서는 안 된다. 말 한마디의 아름다움에 황홀해질 수 없는 사람은 소설가의 자격을 얻기에 조금 결점이 있다는 것을 알아야 한다.

소설 작법 열 가지

한 시대 내의 한 국가의 소설은 자연히 여러 다양한 약속하에 있다. 소설가가 되려는 사람은 가능한 한 이 약속을 따르는 것이 좋다. 이 약속을 따름으로써 얻는 이익은 첫째, 앞사람의 어깨 위에 올라타서 자신의 소설을 쓸 수 있다는 것, 둘째, 착실하게 보이기 때문에 문단의 개들에게 물어뜯길 염려가 없다는 것이다. 다만 이것 역시 독창적인 작품을 남길 수 있는 방법이라는 말은 아니다. 천재 중에는 그런 약속을 발로 짓밟는 자가 많을 것이다. 그래서 그들은 크든 작든 천명(天命), 즉 문예의 사회적 진보(또는 변화) 바깥에서 달리는 것이고, 물이 도랑을 흐르는 것처럼 따라 흘러갈 수는 없는 것이다. 그들은 문예적 태양계 밖에 있는 하나의 유성으로 머물 것이다. 따라서 당대에 이해받지 못하는 것은 물론, 후세에도 자신을 알아줄 사람을 얻기는 힘들 것이다. (이는 단지 소설에만 국한되지 않고 모든 문예에 통용되는 것이다.)

소설 작법 열 가지

소설가가 되려는 사람은 철학적, 자연과학적, 또는 경제학적 사상에 반응하는 것을 늘 경계해야 한다. 인간이 동물인 이상, 어떤 사상이나 이론도 인간이라는 동물의 일생을 지배할 수는 없다. 따라서 그러한 사상에 반응하는 것은 인간이라는 동물의 일생, 즉 인생 내내 언제나 부자연스러운 것임을 알아야 한다.

있는 그대로를 보고, 있는 그대로를 그리는 것을 '사생'이라고 한다. 소설가가 되기 위한 편리한 방법으로는 사생하는 것이 가장 좋다. 다만 여기서 '있는 그대로'라는 말은 '자신이 본 그대로'를 말하는 것이지 '남에게 빌린 것 그대로'를 말하는 것이 아니다.

소설 작법 열 가지

❀

사실적인 소설이란 단순히 사건의 전개에서 우연성이 적은 것만을 말하는 게 아니다. 어쩌면 인생에서보다 더 우연성이 적은 소설이다.

난쟁이의 말

문예 작품을 감상하기 위해서는 문예적 소질이 있어야 합니다. 문예적 소질이 없는 사람은 어떤 걸작과 친해진다 해도, 어떤 훌륭한 선생을 따른다 해도, 늘 감상의 맹인으로 끝날 수밖에 없습니다. 그런데 문예적 소질만 있으면 문예 작품을 쉽게 감상할 수 있느냐 하면, 그렇지는 않습니다. 역시 창작과 마찬가지로 감상에도 그에 상당하는 훈련이 필요합니다.

문예 감상 강좌

❀

'문자를 읽고 그 의미를 이해한다'는 말은 관공서의 공문서를 읽고 이해하는 것과는 다른 의미입니다. 조금 전에 제가 문예적 소질이 없는 사람은 아무리 걸작과 친해져도, 아무리 훌륭한 스승을 따른다 해도, 감상의 맹인으로 끝날 수밖에 없다고 말했습니다. 제가 말하는 '이해한다'라는 의미는 벚꽃나무를 단지 꽃나무의 일종으로 이해하는 것을 말하는 게 아닙니다. 꽃나무의 일종으로 이해하는 동시에 자연스럽게 어떤 느낌이 일어나는 것, 철학 용어를 쓴다면, 인식적으로 이해하는 동시에 정서적으로도 이해하는 것을 말합니다.

물론 그 느낌은 호감도 좋고 비호감도 상관없습니다. 어쨌든 어떤 정서가 반드시 동반되어야 합니다. 만약 문예 감상에 뜻을 두고 있으면서도 벚꽃나무를 꽃나무의 일종이라고밖에 말하지 못하는 사람이 있다면, 참으로 안타깝지만 문예 감상과는 인연이 없다고 생각하고 단념하시기 바랍니다. 이것은 배움의 여지가 없는 만큼, 글자를 읽지 못하는 것보다 더더욱 치명적인 약점입니다.

문예 감상 강좌

❀

문예 작품을 어떤 식으로 감상하면 좋을까, 물론 이것은 중요한 문제인데요, 제가 먼저 주장하고 싶은 것은 솔직하게 작품을 대하라는 것입니다. 이건 이런 작품이라는 둥, 저건 저런 작품이라는 둥 그런 생각을 갖지 않는다는 뜻입니다. 하물며 가볍고 단편적인 비평가의 말 따위는 염두에 두어서는 안 됩니다. 가볍고 단편적이지 않은 비평가의 말이라도, 신경 쓰지 않을 수만 있다면 그렇게 하는 편이 좋습니다. 어쨌든 작품이 주는 것을 정면으로 받아들여야만 합니다.

문예 감상 강좌

솔직하게 작품을 대하며 읽어도, 세계적으로 유명한 작품에서조차 아무런 감명을 받지 못할 때가 있습니다. 그럴 때는 어떻게 하면 좋을까요? 굳이 억지로 감동을 바라기보다는, 그대로 한동안 읽지 않고 내버려둡니다.

실제로 아무리 대단한 걸작이라도 독자의 나이나 상황, 또는 교양 등 여러 가지에 제한을 받는 것은 당연하기 때문에, 쉽게 이해되지 않는다고 해서 이상한 건 아닙니다. 그것이 자랑할 만한 일은 아니겠지만, 적어도 자신을 속이고 감동한 척하는 것보다는 덜 부끄러운 일입니다. 그렇지만 예전에 읽고 이해하지 못한 작품이라도, 될 수 있으면 다시 한번 읽어보십시오. 눈이 번쩍 뜨이는 것처럼 문득 깨닫게 되는 경우도 있습니다.

문예 감상 강좌

❀

아름다움을 감상할 수 있다고 해서 꼭 창작을 할 수 있는 것은 아닙니다. 하지만 아름다움을 감상할 수 없다면 창작은 절대 할 수 없습니다. 그래서 예로부터 재능 있는 사람은 감상 훈련을 늘 계속했습니다. 문예 작품뿐만 아니라 미술이나 음악 감상 훈련도 더해 거기서 얻은 바를 문예 창작에 활용했습니다. 그런데 창작에 뜻을 둔 청년

여러분들이 공부하는 모습을 보면 원고지와는 친한데 책과는 별로 친하지 않은 것 같습니다.

문예 감상 강좌

❀

솔직하게 작품을 대한다는 것은 작품 앞에서 마음 전체를 유지하는 방법을 말합니다. 하지만 마음을 움직이는 방법을 말하자면, 가능한 한 꼼꼼히 살펴봐야 합니다.

만약 그 작품이 소설이라면, 줄거리의 전개 방식이나 인물 묘사 방식은 물론, 문장 한 줄 한 줄의 사용법까지 주의 깊게 살펴봐야 합니다. 이것은 창작에 뜻을 둔 청년들에게는 특히 필요합니다. 자고이래 명작이라고 불리는 작품을 세심하게 읽어보십시오. 감명을 자아내는 원천은 곳곳에 숨어 있습니다. 저명한 톨스토이의 《전쟁과 평화》는 고금에 다시없는 장편입니다. 그렇지만 그 어마어마한 감명은 훌륭한 세부 묘사 없이는 일어나지 않습니다. 이것을 작품의 감상으로 가져와서 말해볼 때, 세부적인 아름다움을 감상하지 못한다면, 견고하고 장대한 감명은 결코 받을 수 없습니다. 말하자면 그저 뭔가 막연한 감명을 받은 것 같은 느낌만으로 끝나버린다는 것입니다.

문예 감상 강좌

그러면 어떤 작품을 감상하면 좋을까요? 저는 오로지 자고이래의 걸작을 감상하는 것이 가장 좋다고 생각합니다. 언젠가 골동품 가게 주인이 한 말인데, 진짜와 가짜를 잘 구별하기 위해서는 '진짜'만 봐야 한다, 설령 참고하기 위해서라도 '가짜'에 눈이 익숙해지면 오히려 잘못 판단하기 쉽다는 겁니다. 문예 작품을 감상할 때도 그 논리와 다를 게 없습니다. 걸작만 계속 접하다 보면, 자연히 다른 작품의 장단점에도 무신경해집니다. 이것은 일상의 경험에 비춰봐도 바로 알 수 있습니다. 분뇨의 악취를 불쾌하게 여기지 않는 사람이 장미의 향을 알지 못하는 것은 지극히 당연합니다. 그렇기 때문에 신문이나 잡지에 실린 문학 작품만 읽는 것은 감상 능력을 키우는 데 가장 손해라고 할 수 있습니다. 아무튼 자고이래의 걸작만큼은 반드시 친해져야만 합니다.

문예 감상 강좌

자고이래의 걸작이라고 해서 옛 걸작만 한결같이 읽으라는 말은 아닙니다. 가장 유익하고 이해하기 쉬운 것이라면 새로운 문예의 고전일 것입니다. 서양의 소설을 예로 들면, 서양 소설에도 여러 가지가 있겠지만, 먼저 근대 일본에 가장 큰 영향을 미친 러시아 소설을 예로 들면, 일단 톨스토이, 도스토옙스키, 투르게네프, 체호프 등을 읽으십시오.

새롭다고 마구잡이로 손을 대는 것은 저널리스트나 미쓰코시 백화점에게 맡기는 것으로도 충분합니다. 그보다는 위대한 선배들이 고심한 흔적을 음미하십시오. 시대에 뒤떨어진다는 둥 그런 걱정은 할 필요가 없습니다. 가벼운 신작이야말로 오히려 순식간에 시대에 뒤처지게 마련입니다. 그림을 예로 들면, 얼마 전까지 살아 있던 인상파의 대가 르누아르는 "우리는 조금도 새로운 걸 하려고 한 게 아니다. 그저 옛 대가의 흔적을 밟았을 뿐이다. 그걸 세상 사람들이 새롭다는 둥 떠들어댔을 뿐이다."라고 했습니다. 단지 감상만이 아니라 창작에 뜻을 둔 젊은 여러분들은 더더욱 이런 마음을 가져야 합니다.

문예 감상 강좌

나는 '스토리'다운 스토리가 없는 소설이 최고라고는 생각하지 않는다. 그렇기 때문에 '스토리'다운 스토리가 없는 소설만 쓰라는 말은 하지 않는다. 우선, 내 소설도 대개는 '스토리'가 있다. 데생이 없는 그림은 성립되지 않는다. 그와 마찬가지로 소설은 '스토리' 위에 세워지는 것이다. (내가 말하는 '스토리'의 의미는 단지 '이야기'를 말하는 것이 아니다.) 엄밀하게 말하면, '스토리'가 전혀 없는 데에서는 어떤 소설도 성립되지 않을 것이다. 따라서 나는 '스토리'가 있는 소설에도 물론 존경을 표한다. 《다프니스와 클로에》의 이야기 이래, 모든 소설과 서사시가 '스토리' 위에 세워진 이상, '스토리'가 있는 소설에 경의를 표하지 않을 사람이 누가 있겠는가. 《마담 보바리》도 '스토리'가 있고, 《전쟁과 평화》도 '스토리'가 있다. 《적과 흑》도 스토리가 있다. …

그러나 어떤 소설의 가치를 결정하는 것은 결코 '스토리'의 좋고 나쁨이 아니다. 하물며 스토리가 기발한지 아닌지는 평가 범위 밖의 문제다. (다니자키 준이치로는 다들 알고 있듯이, 기발한 '스토리' 위에 세워진 소설을 많이 쓴 작가다. 또한 그 기발한 '스토리' 위에 세워진 그의 소설 몇 편은 아마 백대 후에도 살아남을 것이다. 하지만 그 생명이 반드시 '스토리'의 기발함에 의지하는 것은 아니다.) 더 나아가 생각해보면, '스토리'다운 스토리의 유무조차도 그런 문제와는 아무 관계가 없다. 조금 전에도 말했듯이, 나는 내가 말하는 '스토리'가 없는 소설, 또는 '스토리'다운 스토리가 없는 소설이 최고라고는 생각하지 않는다. 그러나 그런 소설도 존재할 수 있다고 생각한다.

'스토리'다운 스토리가 없는 소설은 물론 단지 신변잡기를 그리기만 한 소설은 아니다. 그것은 모든 소설 중에서 가장 시에 가까운 소설이다. 뿐만 아니라 산문시 등으로 불리는 것들보다 훨씬 소설에 가까운 것이다. 세 번 반복해서 말하지만, 나는 '스토리'가 없는 소설이 최고라고는 생각하지 않는다. 그렇지만 만약 '순수함'이라는 점 — 통속적인 흥미가 없다는 점에서 본다면, 그것은 가장 순수한 소설이다. 다시 한번 그림을 예로 들면, 데생이 없는 그림은 성립되지 않는다. (《즉흥》이라는 제목이 붙은 칸딘스키의 몇몇 그림은 예외다.) 하지만 데생보다 색채에 생명을 의지하는 그림은 성립될 수 있다. 다행히 일본에 건너온 몇몇 세잔의 그림이 이 사실을 분명히 증명해준다. 나는 그런 그림에 가까운 소설에 흥미가 있다.

내가 나 자신을 채찍질함과 동시에 다니자키 준이치로 씨를 채찍질하고 싶은 것은 (나의 채찍에 가시가 없다는 것은 다니자키 씨도 물론 알 것이다.) 소설의 재료를 살리기 위한 시적 정신의 유무를 말한다. 또는 시적 정신의 깊고 얕음을 말하는 것이다. 다니자키 씨의 문장은 스탕달보다 명문일 것이다. 특히 회화적 효과를 주는 점에서는 거의 무기력에 가까웠던 스탕달 같은 작가는 그에게 필적할 수 없다. 그러나 스탕달의 작품들 속에 넘쳐흘렀던 시적 정신은 스탕달에 이르러 비로소 얻어진 것이다. 플로베르 이전의 예술가였던 메리메조차 스탕달보다 한 수 아래였던 것은 바로 이 문제였다. 내가 다니자키 준이치로 씨에게 바라는 것은 결국 오로지 이 문제뿐이다. 〈문신〉의 다니자키 씨는 시인이었다. 하지만 〈사랑하기에〉의 다니자키 씨는 불행히도 시인과는 멀었다.

"위대한 친구여, 그대는 그대의 길로 돌아가라."

문예적인, 너무나 문예적인 - '스토리'다운 스토리가 없는 소설

마지막으로 내가 되풀이하고 싶은 것은 나 역시 앞으로 곁눈질하지 않고 '스토리'다운 스토리가 없는 소설만 쓰겠다는 말은 아니다. 우리 모두는 누구나 할 수 있는 것밖에 할 수 없다. 내가 가진 재능이 그런 소설을 쓰는 데 적합한지 어떤지는 의문이다. 그뿐 아니라 그런 소설을 쓰는 것이 결코 만만한 일은 아니다. 내가 소설을 쓰는 이유는 소설이 모든 문예 형식 중에서 가장 포용력이 뛰어나기 때문에 뭐든지 다 포함할 수 있기 때문이다. 만약 내가 장시(長詩)의 형식을 완성시킨 서양에서 태어났다면 어쩌면 소설가보다는 시인이 되었을지도 모른다. 나는 여러 서양인들에게 몇 번이고 애정 어린 눈길을 던졌지만, 지금 생각해보면 누구보다도 마음으로 사랑한 사람은 시인이자 저널리스트였던 유대인, 나의 하인리히 하이네였다.

문예적인, 너무나 문예적인 – '스토리'다운 스토리가 없는 소설*

---

* 아쿠타가와와 다니자키가 소설에서의 스토리의 중요성에 대해 벌인 유명한 문학론 논쟁이다. 이 논쟁의 발단은 1927년 어느 잡지사 좌담회에서 아쿠타가와가 "스토리라는 것이 예술적인 것인지는 매우 의문스럽다.", "스토리의 재미가 작품 그 자체의 예술적 가치를 높이지는 않는다."라고 했던 발언으로 시작되었다. 이에 다니자키가 "스토리의 재미를 제외하는 것은 소설이라는 형식이 가진 특권을 버리는 것이다."라고 반론하면서 논쟁이 벌어졌다.

나는 다니자키 준이치로 씨를 만나 그에게 반박했을 때, "그럼 대체 자네가 말하는 시적 정신이란 게 뭔가?"라는 질문을 받았다. 나의 시적 정신이란 가장 넓은 의미의 서정시이다. 나는 물론 그렇게 답했다. 그러자 다니자키 씨는 "그런 거라면 어디에나 있지 않은가?"라고 했다. 나는 그때도 언급했듯이 어디에나 시적 정신이 있다는 것을 부정하지 않는다. 《마담 보바리》도, 《햄릿》도, 《신곡》도, 《걸리버 여행기》도 모두 시적 정신의 산물이다. 어떤 사상이든 그것이 문예 작품 속에 담기는 이상, 반드시 이 시적 정신이라는 신성한 불을 통과해야만 한다. 다만 내가 말하는 것은 어떻게 이 신성한 불을 타오르게 할 것인가, 하는 것이다. 그것은 어쩌면 반 이상은 천부적인 재능에 의한 것인지도 모른다. 아니, 정진하는 힘 따위는 의외로 도움이 안 될지도 모른다. 어쨌든 이 신성한 불의 열기가 뜨거운지 아닌지가 작품의 가치가 높은지 낮은지를 결정한다.

세상에는 불후의 걸작이 질릴 정도로 많다. 하지만 어떤 작가가 죽은 후에 30년의 세월이 흘러도 우리가 읽을 만한 단편 열 편을 남겼다면, 대가라고 불려도 문제없다. 만약 다섯 편을 남겼다 해도 명가의 반열에는 오를 것이다. 그리고 세 편을 남겼다면 그래도 어쨌든 한 사람의 작가라고는 말할 수 있다. 하지만 이 한 사람의 작가가 되는 것조차 쉬운 일은 아니다. 나는 어느 서양 잡지에서 "단편 같은 건 이삼일 안에 써버리는 거지."라고 한 웰스의 말을 보았다. 이삼일은커녕 누구나 마감이 코앞에 닥치면 하루 만에도 써낼 수 있다. 하지만 언제나 이삼일 안에 써버린다고 단언하는 걸 보니 역시 웰스답다. 그래서 그는 제대로 된 단편을 못 쓰는 것이다.

문예적인, 너무나 문예적인 – 시적 정신

❀

그림의 힘은 3백 년, 붓글씨의 힘은 5백 년, 문장의 힘은 영원하다고 왕세정이 말했다. 그러나 둔황의 발굴품 등에 비춰보면, 그림은 5백 년이 흘러도 의연히 힘을 갖고 있는 것 같다. 또한 문장도 영원한 힘을 지닐지 어떨지는 의문이다. 관념도 시간 밖에서 초연할 수는 없다. 우리의 선조는 '신'이라는 말을 들으면 의관을 갖추어 입은 인물을 떠올렸다. 하지만 우리는 똑같은 말을 듣고도 수염이 긴 서양인의 모습을 떠올린다. 이것은 단지 신에만 한한 것이 아니며, 어떤 것에도 일어날 수 있다고 생각해야 한다.

난쟁이의 말

내가 경험한 바에 따르면, 요즘 소설의 독자라는 사람은 대개 소설의 줄거리를 읽는다. 두 번째는 소설 속에 그려진 생활을 동경한다. 나는 이것이 가끔 이상하게 느껴진다. 내가 아는 어떤 사람은 경제적으로 꽤 어렵게 살면서도 부자나 귀족들만 나오는 통속소설을 즐겨 읽는다. 그뿐 아니라 자신의 삶에 가까운 삶을 그린 소설에는 전혀 흥미를 갖지 않는다. 그리고 세 번째는 두 번째와는 정반대로, 독자 자신의 생활과 비슷한 것만 찾는다.

나는 이런 것들이 반드시 나쁘다고는 생각하지 않는다. 이 세 가지 마음은 나 자신 속에도 존재한다. 나는 줄거리가 재미있는 소설을 즐겨 읽는다. 그리고 나 자신의 삶과 동떨어진 삶을 그린 소설도 애독하지 않는 건 아니다. 마지막으로 나 자신의 생활과 가까운 소설을 애독하는 것은 물론이다.

그러나 그런 소설들을 감상할 때 내 평가를 결정하는 것은 반드시 그런 세 가지 마음은 아니다. 만약 내가 (독자로서) 일반적인 독자들과 다른 점이 있다면 바로 그 점이라고 생각한다. 그러면 무엇이 내 평가를 결정하는가 하면, 감동의 깊이라고 말할 수밖에 없다. 줄거리의 재미라든가, 나 자신의 생활과 동떨어져 있다든가, 또는 나 자신의 생활과 가깝다든가 하는 것도 역시 그 결정에 영향을 미칠 것이다. 그러나 그런 영향 외에도 뭔가가 있다고 믿는다.

그 뭔가에 의해 마음이 움직이는 한 무리의 독자들이 말하자면 독서 계급이라고 불리는 사람들이다. 또는 문예적 지식 계급이라고 불리는 사람들이다. 이 계급은 의외로 폭이 좁다. 아마 서양보다 더더욱 좁을 것이다. 나는 지금 이런 사실의 좋고 나쁨을 논하고 있는 것이 아니다. 그저 사실로서 잠깐 언급하고 있을 뿐이다.

소설의 독자

❀

비평도 문예의 한 형식이다. 우리가 누군가를 칭찬하거나 비난하는 것도 결국은 자기 자신을 표현하기 위한 것이다. 스크린 위에 비친 미국 배우에게, 게다가 이미 세상을 떠난 발렌티노에게 아낌없이 박수를 보내는 것은 상대를 기쁘게 하기 위한 것이 아니다. 단지 자신의 호의, 더 나아가 자기 자신을 표현하기 위한 것이다.

문예적인, 너무나 문예적인

지금 어떤 주제를 가지고 소설을 쓴다고 하자. 그리고 그 주제를 예술적으로 가장 강력하게 표현하기 위해서는 어떤 이상한 사건이 필요하다고 하자. 이런 경우, 그 이상한 사건이라는 것은 그것이 이상한 만큼, 오늘날 일본에서 일어난 일이라고 가정한다면 쓰기 어렵다. 만약 억지로 쓴다면, 대부분의 경우 독자들에게 부자연스러운 느낌이 들게 하고, 그 결과 모처럼 생각해낸 주제까지 허무하게 버려질 것이다.

그래서 이런 어려운 문제를 피할 수 있는 방법으로는, '오늘날 일본에서 일어난 일이라고 가정한다면 쓰기 어렵다'라고 한 말이 보여주듯이, 옛날이나 일본 이외의 지역에서 일어난 일, 또는 옛날에 일본 이외의 지역에서 일어난 일로 만들 수밖에 없다. 내가 옛날에서 소재를 찾은 소설들은 대개 그런 이유 때문에, 부자연스러운 장애물을 피하기 위해 옛날을 무대로 삼은 것이다.

조코도 잡기

나는 풍경이 눈에 보이듯이 다가오는 문장을 좋아한다. 그런 것이 없는 문장은 싫다.

말하자면 '하늘이 푸르다'고 쓰는 사람과 '하늘이 강철같이 푸르다'고 쓰는 사람은 처음부터 사물을 느끼는 방식이 다르다. 전자는 그저 '푸르다'고 느끼지만, 후자는 '강철같이 푸르다'고 느낀다. 이때 '강철같이'라는 말을 덧붙이는 것은 그저 단순한 기교가 아니다. 그만큼 적확하게 정경을 붙잡으려는 것이다.

눈에 보일 듯한 문장

❀

어떤 작품이 오래 남을 수 있을까 생각해보면, 붓글씨나 그림은 잘 모르겠지만 문학 작품에서는 간결한 문체가 오래가는 것이 사실이다. 물론 문체가 곧 작품이라는 이론을 내세우지 않는 한, 문체만 새로우면 그 작품은 반드시 새롭다고는 말할 수 없다. 그러나 문체가 작품의 좋고 나쁨에 영향을 미치는 한, 현란함이 눈앞을 가리는 것처럼, 현란한 문체가 의외로 낡게 느껴지는 것은 분명한 것 같다.

잡필

수필은 청한(淸閑)의 산물이다. 적어도 조금은 한가로움을 자랑하던 문예 형식이다. 예로부터 문인이 많다고 하지만 청한을 얻지 않고 수필을 썼다고 하는 괴물은 없다. 하지만 지금의 문인은 청한 없이도 수필을 쓴다. 아니, 청한 없이도가 아니라 오히려 청한이 없기 때문에 척척 쉽게 수필을 써내는 것이다.

야인 생계사

❀

공상적인 작품이 공상 그대로 통용되기 위해서는 그만큼 현실적인 묘사와 기법이 뒷받침되어야 한다.

나의 월평

❀

문장 속에 있는 말은 사전 속에 있을 때보다 더 아름다워야 한다.

난쟁이의 말

자신의 소설에 대한 악평을 듣는 것은 단지 불쾌함뿐만 아니라 위험을 초래하는 경우도 적지 않다. 그 악평을 인정하기 때문에 용기를 잃는다는 의미가 아니라, 그것을 부정하기 때문에 앞으로의 창작적 동기에 반동적인 것이 더해진다는 의미다. 그리고 이런 불순한 동기에서 출발한 결과, 종종 기형적인 예술을 창조할 위험이 있다는 의미이다. 유행을 따르는 것만을 목적으로 하는 작가는 제쳐둔다 해도, 조금이라도 기개가 있는 작가는 의외로 이런 위험에 빠지기 쉽다.

희작삼매

❀

세상 사람들은 새로운 것에 쉽게 주목한다. 그러니까 새로운 것에 손을 대기만 하면 어찌어찌 작가가 될 수는 있다. 하지만 그것이 꼭 어떤 흔적을 남기게 되는 것은 아니다.

속 문예적인, 너무나 문예적인

문예가가 되려는 학생은 모름지기 수학 공부를 게을리 해서는 안 된다. 그렇지 않으면 두뇌가 이치를 따지는 것이 둔해져서 결코 제대로 된 문예가가 될 수 없음을 각오하라.

문예가가 되려는 학생은 모름지기 체조를 게을리해서는 안 된다. 그렇지 않으면 몸이 약해져 결코 일생의 대업을 성취할 수 없음을 각오하라.

문예가가 되려는 학생은 모름지기 국어와 작문 수업을 소홀히 해서는 안 된다. 이 과목을 소홀히 하거나 그것에 정통하지 못하면, 결코 완전한 문예가가 될 수 없음을 각오하라.

이것은 나 자신의 경험을 바탕으로 하는 말이며, 나 역시 학창 시절을 그렇게 효과적으로 보내지 못해 슬퍼하는 사람이다. 이것이 문예가가 되려는 여러분에게 전하는 말이다.

문예가가 되려는 여러분에게 전한다

자본주의 사회 안에 있는 한, 작가는 한 장에 몇 엔 몇십 전 하는 원고료 제도에서 벗어날 수 없다. 돈의 많고 적음으로 우열을 가리는 것은 물론 불공평한 일이다. 자본주의 사회에서 태어난 소설가, 극작가, 비평가들은 먼저 대량생산을 참고 견뎌낼 수 있는 실업가적 능력을 갖춰야 한다. 또는 나가이 가후 씨의 말처럼, 부모형제를 돌봐야 하는 사람은 이런 직업에 종사할 수 없다.

나이가 들면 문필이 더 훌륭해져 젊은이는 따라올 수도 없다는 것은 단지 그런 실업가적 능력이 무리보다 뛰어난 작가를 가리키며 하는 말일 뿐이다. 게다가 그 작품들을 보면 해마다 묵은 것들만 쌓이고 쌓여 달라진 게 없는 것이나 마찬가지다. 이런 자를 보고 다들 노대가라고 한다. 이 또한 박장대소할 일이다.

문단 쓴소리

완전히 자기를 고백하는 것은 누구에게도 불가능한 일이다. 또한 동시에 자기 자신을 고백하지 않고서는 어떠한 표현도 가능하지 않다.

루소는 고백을 좋아한 사람이지만, 적나라한 그 자신은 《고백록》 속에서도 발견할 수 없다. 메리메는 고백을 싫어한 사람이지만, 그의 소설 《콜롱바》는 은연중에 그 자신에 대해 말하고 있는 게 아닐까? 어차피 고백 문학과 그 밖의 문학 간의 경계선은 겉으로 보는 것만큼 분명하지는 않다.

난쟁이의 말

❀

저는 자연주의에 물론 반대합니다. 하지만 탐미주의에도 반대합니다. 탐미주의의 기법 같은 것을 보면 자연주의와 정반대인 것처럼 보이지만, 탐미주의자의 물질주의적 인생관은 자연주의와 매우 가깝다고 생각합니다.

신조 합평회

어떤 목소리 : 넌 너의 에고를 잊고 있어. 너의 개성을 존중하고, 속악한 민중을 경멸하라.

나 : 네가 그렇게 말하지 않아도 난 나의 개성을 존중하고 있어. 그러나 민중을 경멸하지는 않아. 나는 언젠가 이런 말을 했어. "옥은 깨지더라도, 기왓장은 깨지지 않는다." 셰익스피어도, 괴테도, 이태백도, 지카마쓰 몬자에몬도 언젠가는 사라질 것이다. 하지만 그들을 낳은 모태는 — 위대한 민중은 사라지지 않는다. 모든 예술은 설령 형태가 바뀌더라도 반드시 민중 속에서 태어날 것이다.

암중문답

❀

따뜻한 마음을 가지는 것은 우리의 의무다. 우리는 어디까지나 인간다운 태도로 인생을 바라보아야 한다. 그것이 우리가 해야 할 노력이다. 진실을 그리는 것도 좋다. 하지만 '형태뿐인 세계'를 부수고 그 속의 진실을 붙잡으려고 할 때에도 우리는 반드시 따뜻한 마음을 가져야 한다.

닛코 소품

내가 사랑하는 문예 작품은 결국 작가의 인간을 느낄 수 있는 작품이다. 인간을, 다시 말해 두뇌와 심장과 관능을 제대로 갖춘 인간을.

하지만 불행히도 대개의 작가는 그중에 뭔가 하나가 결여된 불구자다. (물론 우리는 때때로 위대한 불구자에게 경탄하기도 한다.)

난쟁이의 말

❀

나는 한 사람의 뇌와 심장과 말초신경을 전부 다 가진 작품이 가장 좋다.

신조 합평회

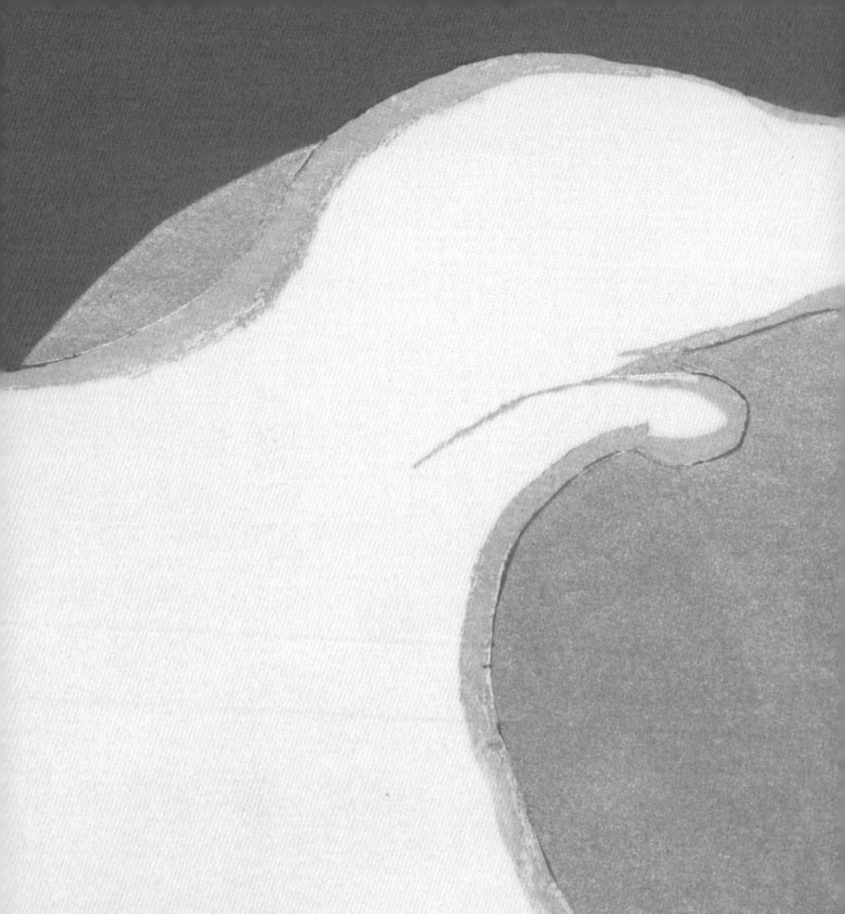

나는 여전히 상상한다.
적막한 백대 후에 내 작품집을 손에 든
한 사람의 독자가 있음을.
그리고 그 독자의 마음 앞에 어렴풋이 떠오르는
나의 신기루가 있음을.

고뇌와 회한

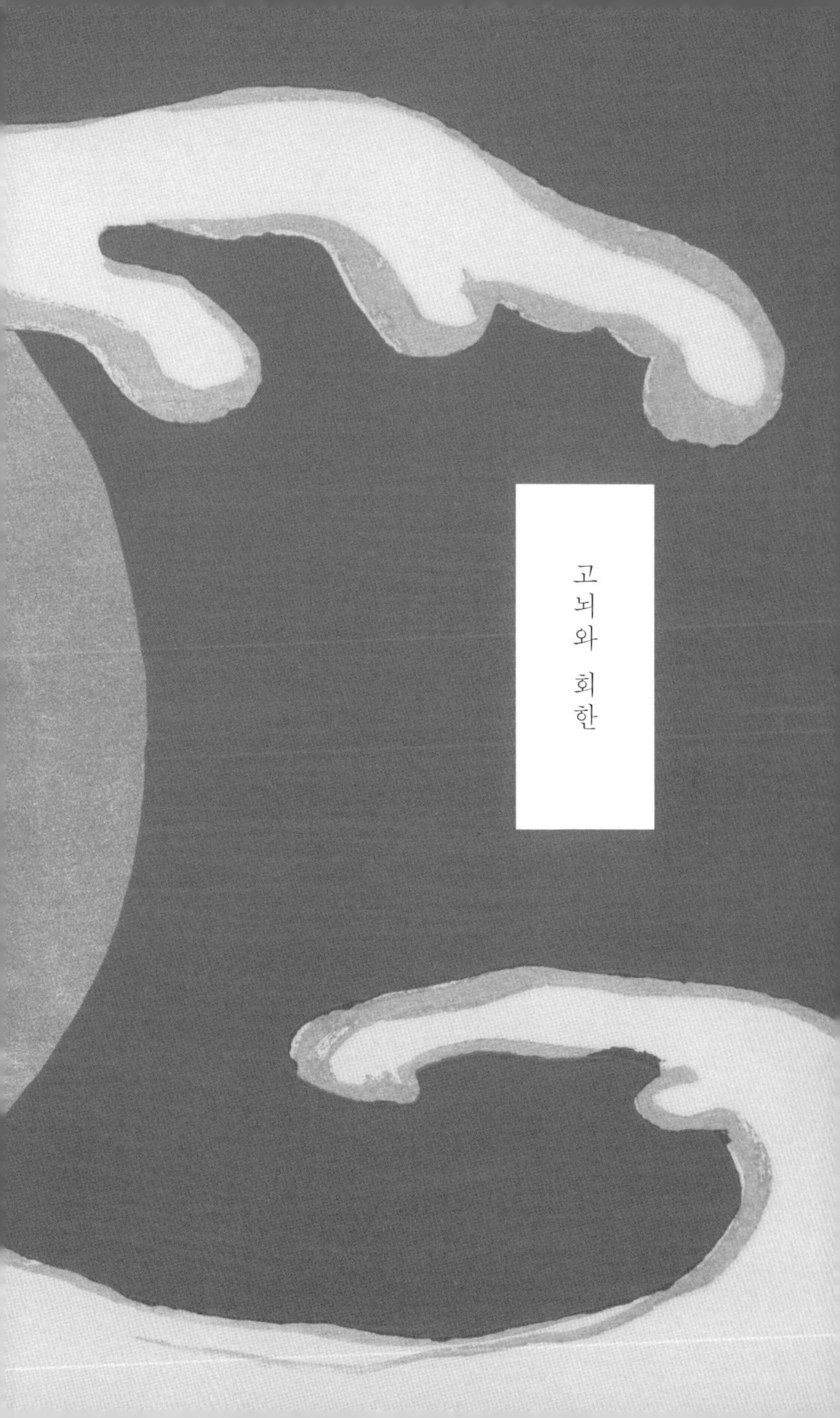

나뭇가지 위의 송충이는 기온이나 날씨, 날짐승 같은 적 때문에 늘 생명의 위험에 처해 있다. 예술가도 자신의 생명을 유지하기 위해서는 송충이처럼 위험을 견뎌내야 한다. 그중에서도 특히 두려워할 것은 정체(停滯)다. 아니, 예술의 영역에 정체란 없다. 진보하지 않으면 반드시 퇴보한다. 그리고 예술가가 퇴보할 때는 항상 일종의 '자동 작용'이 시작된다. 무슨 뜻인가 하면, 비슷한 작품만 계속 쓰게 된다는 말이다. 자동 작용이 시작되면 그것은 예술가로서 죽음에 직면한 것이라고 생각해야 한다. 나 자신도 〈용〉을 썼을 때는 분명 그런 종류의 죽음에 직면해 있었다.

예술 그 외

❀

예술가는 비범한 작품을 만들기 위해 때로는 영혼을 악마에게 팔아넘기는 일도 할 수 있다. 이것은 물론 나 역시도 그럴 수 있다는 뜻이다. 나보다 더 쉽게 그럴 것 같은 사람도 있겠지만.

예술 그 외

우리에게 가장 무서운 사실은 우리가 끝내 우리 자신을 넘어설 수 없다는 것이다. 낙천주의적인 눈가리개를 벗겨버리면, 까마귀가 아무리 애를 쓴다 한들 공작이 될 수는 없다. 어느 시인이 쓴 한 줄의 시는 언제나 그의 시 전부이다.

열 개의 바늘

❀

더 올바른 예술관을 가진 사람이 반드시 더 좋은 작품을 쓴다고는 할 수 없다. 이런 생각을 할 때 외로운 기분이 드는 건 나뿐일까? 나 혼자만은 아니기를 바란다.

예술 그 외

❀

아무리 나쁜 작품을 읽어도 나로서는 아무것도 읽지 않는 것보다는 낫다.

Lies in Scarlet

우리가 예술적 완성의 길로 향하려고 할 때 우리의 정진을 방해하는 무언가가 있다. 눈앞의 안락을 바라는 마음일까. 아니, 그런 것이 아니다. 그것은 좀 더 신비로운 성질의 것이다. 마치 산을 오르는 사람이 높이 오르면 오를수록 묘하게도 구름 아래의 산기슭이 그리워지는 것과 같은 그런 마음이다.

이렇게 말해도 느껴지는 것이 없다면, — 그런 사람은 나와는 인연이 없는 중생이라고 할 수밖에 없다.

예술 그 외

❀

물론 인간은 자연이 내려준 능력의 한계를 초월할 수 없다. 하지만 그렇다고 해서 게으름을 피운다면, 그 한계가 있다는 것조차 모른 채 끝나버린다. 그렇기 때문에 우리는 모두 괴테가 되겠다는 마음으로 정진해야 한다. 이것을 창피하게 여긴다면 몇 년이 지나더라도 괴테 집안의 마부조차도 될 수 없다. 그렇다고 지금부터 괴테가 되겠다고 떠벌리며 돌아다닐 필요는 없겠지만.

예술 그 외

"더더욱 자신의 생활을 써라. 더 대담하게 고백하라." 이것은 내가 종종 여러분들에게 권하는 말이다. 나 역시 고백을 하고 있다. 내 소설은 크든 작든 내 체험의 고백이지만 여러분은 그렇게 받아들이지 않는다. 여러분이 내게 권하는 것은 나 자신을 주인공으로 해서, 내게 일어난 사건들을 숨김없이 쓰라는 것이다. 그뿐 아니라 책의 말미에 일람표를 달아서 주인공인 나는 물론이고 작중 인물의 본명이나 가명을 줄줄이 써넣으라고 한다. 하지만 그것만큼은 거절할 수밖에 없다.

첫째, 나는 호기심 많은 여러분들에게 내 생활의 밑바닥을 보여주는 것이 불쾌하다. 둘째, 그런 고백을 미끼로 필요 이상의 돈과 명성을 착복하는 것 또한 불쾌하다. 스트린드베리도 돈만 많았으면 《치인의 고백》 같은 책은 내지 않았을 것이다. 설령 낸다 해도 자국어로 낼 마음은 없었을 것이다. 나 역시 끝내 밥도 못 먹을 지경이 되면 어떻게 생계를 꾸려야 할지 모른다. 하지만 그때는 그때다. 지금은 가난한 대로 어쨌든 덧없는 목숨을 이어가고 있다. 또한 몸은 여기저기 병들었어도 정신 상태는 정상이다. 마조히즘 따위의 징후는 보이지 않는다. 어느 누가 고생고생 창피스러운 것을 고백하며 소설 따위로 쓰겠는가.

조코도 잡기

개인적으로 말하면, 나는 누구에게 어떤 험담을 듣는다고 해도 나쓰메 소세키 선생이 칭찬해주면 그것으로 만족했다. 또한 동시에 선생을 유일한 표준으로 삼는 것의 위험을 때로는 두려워하기도 했다.

교정 후

❀

끊임없이 필연적으로, 강한 저력으로 나아간 나쓰메 선생을 생각하면, 기개가 없는 내가 부끄럽다. 진심으로 부끄럽다.

교정 후

❀

물론 나는 '말하듯이 글을 쓰고 싶은' 바람이 있다. 하지만 다른 한편으로는 '글을 쓰듯이 말하고 싶다'고도 생각한다. 내가 아는 한, 나쓰메 선생은 실제로 '글을 쓰듯이 말하는' 작가였다.

문예적인, 너무나 문예적인

글을 쓰는 데 무엇보다 없어서는 안 되는 것은 창작의 열정이다. 그리고 창작의 열정을 불태우는 데 무엇보다 없어서는 안 되는 것은 어느 정도의 건강이다. 스웨덴식 체조, 채식주의, 소화 효소 등을 소홀히 여기는 것은 글을 창작하려는 사람의 마음가짐이 아니다.

글을 쓰려는 사람은 어떤 도시인이라도 자신의 영혼 밑바닥에 야만인을 한 사람 가지고 있어야 한다.

글을 쓰려는 사람이 자기 자신을 부끄러워하는 것은 죄악이다. 자신을 부끄러워하는 마음으로는 그 어떤 독창적인 싹도 자라나지 않는다.

지네 : 웬만하면 너도 발로 좀 걸어봐.

나비 : 흥, 웬만하면 너도 날개로 좀 날아봐.

기품은 작가의 뒤통수다. 작가 자신에게는 보이지 않는다. 억지로 보려고 하면 목뻐가 부러지기만 할 뿐이다.

비평가 : 자넨 월급쟁이 생활 말고는 쓸거리가 없나?
작가 : 뭐든지 다 쓸 수 있는 사람이 있었나?

모든 작가는 한편으로는 가게를 열어 장사를 하고 있다. 뭐? 나는 작품을 팔지 않는다고? 이봐, 자네, 그건 살 사람이 없을 때나 그렇겠지. 그게 아니면, 팔지 않아도 괜찮을 때거나.

난쟁이의 말 - 작가

❀

내가 작품을 쓰는 것은 나 자신의 인격을 완성하기 위한 것이 아니다. 하물며 지금 세상의 사회조직을 혁신하기 위해서도 아니다. 오로지 내 안에 있는 시인을 완성하기 위해 쓰고 있는 것이다. 또는, 시인이자 저널리스트를 완성하기 위해 쓰고 있는 것이다.

문예적인, 너무나 문예적인

창작을 하기 전에는 대단히 불쾌하다. 변비가 생긴 듯한 불쾌함이다. 쓰다가 글이 막히면 거기서 일단 멈춘다. 그대로 작품을 내던져버릴 때도 있다. 하지만 언젠가는 반드시 그것을 다 써낸다.

시끄러운 것이 제일 싫다. 아이들이 떠들면 고함을 친다. 또 집에서 누가 말을 걸며 대답을 요구하는 것도 싫다. 일 년 중에는 겨울부터 봄까지가 가장 창작할 기분에 적합하다. 하루 중에는 오전이 가장 좋다. 하지만 밤에도 쓴다.

현대 작가의 생활

❀

소설이 잘 써질 때는, 계절로 보면 가을에서 겨울까지이고, 시간으로 보면 오전과 밤, 특히 밤은 열두 시까지다. 그 후로는 왠지 초조해진다. 장소로 보면 반드시 밝고 조용한 곳이어야 한다. 다만 방문과 장지문이 꼭 닫혀 있는 것이 필수 조건인데, 혹시라도 문이 열려 있으면 내가 쓰려는 것이 거기로 도망쳐버릴 것 같은 기분이 들어서다. 또 옆에 사람이 있으면 쓸 수가 없다. 특히 바람 부는 날에는 글을 쓸 수 없다.

내 창작의 실제

내가 원고를 쓰는 속도는 전혀 알 수 없다. 하루 종일 열 장 넘게 쓴 것을 이튿날 전부 다 버려버린다. 그러다가도 하루 동안 쓴 원고 석 장이 고스란히 남을 때도 있다.

글을 쓰고 나면 녹초가 된다. 그래도 기분은 좋아서 언제까지고 돌아다니며 놀고 싶은 생각이 든다. 하지만 이삼일이 지나면 또다시 글이 쓰고 싶어진다.

내 창작의 실제

❀

글을 쓰고 있을 때의 기분을 말하면, 뭔가를 만들고 있다기보다는 키우고 있다는 기분이 든다. 인간이든 사건이든, 그것이 본래 움직이는 방식은 단 하나다. 그 단 하나밖에 없는 것을 여기저기 찾아다니며 글을 써나간다는 기분이 든다. 그 하나를 찾지 못하면 더 이상 앞으로 나아갈 수가 없다. 더 나아가면 반드시 무리가 생긴다. 그렇기 때문에 늘 정신을 집중하고 있어야 한다. 집중하고 있어도 나 같은 사람은 여전히 놓치고 만다. 어쨌든 그것이 괴롭다.

나와 창작

소설이 인생에, 또 인간의 의욕에 작용하기 위해서는, 내 주변에는 없지만 분명히 어딘가에는 살고 있을 것 같은 성격을 창조해야 한다. 통속적인 의미에서 말하면 이것이 이상주의적 소설가가 짊어져야 할 커다란 임무이다. 《카라마조프 가의 형제들》을 쓴 도스토옙스키는 그 임무를 훌륭히 해냈다. 앞으로 일본에서는 누가 그런 성격을 창조해 낼 수 있을까?

점심

❀

나는 요즘 《전쟁과 평화》를 읽고 있다. 너무나 기대해서 작품으로서 전망할 수가 없을 정도다. 어떤 부분(부분이라고는 해도 꽤 길지만)은 더 이상 감동할 수 없을 만큼 감동했다.

러시아의 작가들은 《전쟁과 평화》 같은 작품이 이미 자신의 눈앞에 있다는 것에 비관하지 않을 수 있을까. 《전쟁과 평화》뿐만이 아니다. 《카라마조프 가의 형제들》도, 《죄와 벌》도, 《안나 카레니나》도 마찬가지다. 그중에 하나라도 일본에 있다면 나는 온몸의 힘이 빠져버릴 것 같다.

서간

톨스토이의 사상을 알려면 톨스토이의 저서를 읽으면 된다. 하지만 톨스토이의 사상을 깨우치려면, 톨스토이의 사상을 논하기에 앞서 먼저 입을 다물어야 한다.

Lies in Scarlet

❀

내 생명과 아무런 관계도 없는 지식의 퇴적은 내게는 완전히 무용지물이다. 나는 평생 단순한 학자를 경멸했다. 그들은 겨울잠을 자는 곰이 나무 열매를 쌓아놓고 살아가는 것처럼, 지식의 축적만으로 먹고사는 인간일 뿐이다.

유서

❀

그는 자신이 현실주의자라는 것에 조금도 의심을 품은 적이 없었다. 하지만 그런 그 자신은 결국 이상화된 자기 자신이었다.

난쟁이의 말

예술가는 언제나 의식적으로 자신의 작품을 만드는 건지도 모른다. 그러나 작품 그 자체만 본다면, 작품의 아름다움과 추함의 절반은 예술가의 의식을 초월한 신비의 세계에 존재한다. 절반? 아니, 어쩌면 대부분이라고 해도 좋을 것이다.

우리는 이상하게도 남이 캐물으면 자신의 비밀을 말하지 않다가도 무심결에 제 입으로 말해버린다. 그래서 우리의 영혼은 어쩔 수 없이 자신도 모르게 작품에 드러나는 법이다. 불상을 조각할 때 칼 한 번 댈 때마다 절을 한 번 올렸던 옛사람의 조심성은 이런 무의식의 영역에 대한 두려움을 말해주는 것이 아닐까?

난쟁이의 말

❀

예술은 묘하게 끝을 알 수 없는 무서움을 지니고 있다. 우리도 돈을 바라거나 명예를 좋아하지 않았다면, 또는 거의 병적인 창작열 때문에 괴로워하지 않았다면, 이런 섬뜩한 예술 따위와 싸울 용기는 생기지 않았을지도 모른다.

난쟁이의 말

창작은 언제나 모험이다. 결국은 인력을 다한 뒤에 천명에 맡기는 수밖에 없다.

젊어서는 배움이 쉽지 않음을 괴로워하며
그저 공부가 부족한 탓이라 여겼건만
늙어서야 비로소 알았네, 인력으로는 되지 않음을.
인간의 노력이 삼, 하늘의 뜻이 칠이로구나

조구북(趙甌北)의 《논시(論詩)》에 실린 이 칠언절구는 그간의 사정을 말한 것이리라.

난쟁이의 말

❀

나는 가끔 이런 생각을 한다. — 내가 쓴 문장은 설령 내가 태어나지 않았다 하더라도 분명 누군가 썼을 게 틀림없다. 따라서 나 자신의 작품이라기보다는 오히려 한 시대의 땅 위에 자란 풀들 중의 어느 한 포기이다. 그렇다면 나 자신의 자랑거리가 될 수 없다. 나는 이런 생각을 할 때마다 언제나 묘한 실망감이 느껴진다.

속 문예적인, 너무나 문예적인

재료가 있어도 내가 그 재료 속에 들어가지 못한다면, 즉 재료와 내 마음이 완전히 하나가 되지 않는다면, 소설은 쓸 수 없다. 억지로 쓰면 지리멸렬한 작품이 되고 만다. 나는 애가 타는 마음에 몇 번이나 그런 어리석은 잘못을 저질렀다.

다만 곤란한 것은 그렇게 하나가 될 때가 언제 올지 모른다는 것이다. 재료를 손에 넣자마자 그렇게 될 때도 있고, 재료를 갖고 있다는 것조차 거의 잊어버렸을 즈음에야 겨우 그렇게 될 때도 있다. 밥을 먹고 있을 때든, 책을 읽고 있을 때든, 화장실에 있을 때든 가리지 않는다. 그리고 그 순간이 오면 눈앞이 환해진 듯한 기분이 든다.

나와 창작

❀

내가 쓰는 글이 너무 작게 마무리되어 있다고 비난하는 사람이 있다. 하지만 나는 작아도 완성품을 만들고 싶은 것이다. 예술의 영역에 미완성품은 없다. 위대한 완성품에 이르는 길은 작은 완성품뿐이다. 요즘 유행하는 위대한 미완성품 따위는 내게 아무런 의미도 없다.

교정 후

나는 가끔 혈관 속에서 피가 별과 함께 흐르고 있는 것처럼 느껴질 때가 있어. 점성술을 만든 사람은 이런 느낌이 더 강하게 들었을 거야. 바로 '이것'을 느끼지 않으면 안 돼. 많든 적든 '이것'을 느끼지 못하면 안 돼.

예술은 '이것'과 관계하면서 비로소 의의를 가지는 거야. 나는 이제야 네가 "본질을 깨닫게 할 수 있는 예술이 최고"라고 말했던 것이 생각나. 너는 나보다 세 발짝, 네 발짝이나 앞서 있어.

굳이 신에 대한 신앙을 구할 필요는 없어. 신앙을 신이라는 갑갑한 형식에 끼워 넣으려고 하니까 존재 여부에 관한 논쟁도 생기는 거야. 나는 '이것'에 대한 신앙이 있어. 바로 '예술'에 대한 신앙이야. 이 신앙 아래에서 느끼는 희열이 다른 신앙이 주는 희열보다 열등하다고 생각하지 않아. 모든 것은 신앙이 되어야 해. 종교나 예술뿐만 아니라 모든 것은 신앙이 되어서야 비로소 생명을 가지는 거야.

서간

당신이 질문한 것은 대충 '내가 어떤 요구에 의해 소설을 쓰는가'라는 유의 질문이었던 것으로 기억합니다. 그 요구를 지금 편의상 직접적인 요구라고 합시다. 그렇다면 나는 지극히 평범하게 "쓰고 싶으니까 쓴다"라고 대답할 것입니다. 이것은 결코 겸손도 허풍도 아닙니다. 지금 내가 쓰고 있는 소설도 정말로 쓰고 싶기 때문에 쓰고 있는 것입니다. 원고료 때문에 쓰는 것도 아니고, 세상 사람들을 위해 쓰는 것도 아닙니다.

그러면 그렇게 쓰고 싶다면, 왜 쓰고 싶은가, 하고 또 당신은 묻겠지요. 하지만 그건 나도 잘 모르겠습니다. 다만 내가 알고 있는 범위 내에서 대답한다면, 내 머릿속에 뭔가 혼돈스러운 것이 있고, 그것이 분명한 형태를 만들고 싶어 한다는 것입니다. 그리고 그것은 또한, 분명한 형태를 만드는 것 그 자체를 목적으로 하고 있습니다. 그래서 그 무언가 혼돈스러운 것이 일단 내 머릿속에 생기면, 결국 쓰기 싫어도 쓰지 않을 수가 없습니다. 그러니까 말하자면 그럴싸한 강박 관념에 사로잡힌 듯한 것입니다.

당신이 한 걸음 더 나아가, 그러면 그 혼돈스러운 것이 무엇이냐고 묻는다면, 나는 또 대답이 궁해질 수밖에 없습니다. 사상인지 정서인지는 잘 모르겠습니다. 역시 혼돈스러운 것이기 때문입니다. 다만 그 특징이라고 한다면 그것이 분명한 형태를 만들기까지는 완전히 그 자체가 되지 않는다는 점이겠지요. 아니, 정말로 그렇습니다. 이 점만큼은 다른 정신 활동에서는 볼 수 없는 것입니다. 그렇기 때문에 (살짝 옆길로 샌다면) 나는 '예술은 표현이다'라는 말이 진실이라고 생각합니다.

대체로 이런 것이 나에게 소설을 쓰게 하는 직접적인 요구입니다. 물론 간접적으로는 여러 가지 요구가 있겠지요. 어쩌면 그중에는 '인도적'이라는 형용사를 뒤집어쓴 것이 섞여 있을지도 모릅니다. 하지만 그건 어디까지나 간접적인 요구입니다. 나는 언제나, 평범하게, 통속적으로 그저 쓰고 싶기 때문에 써왔습니다. 앞으로도 그렇겠지요. 또 그렇게 하는 수밖에 달리 다른 방법이 없습니다.

분명한 형태를 만들기 위해서

❀

시 한 줄의 생명은 우리의 생명보다 더 길다.

나는 오늘도 내일도 '게으른 날의 게으른 시인', 한 사람의 몽상가임을 부끄럽게 여기지 않는다.

문예적인, 너무나 문예적인

어떤 부류의 예술가들은 환멸의 세계에 살고 있다. 그들은 사랑을 믿지 않는다. 양심 같은 것도 믿지 않는다. 그저 옛 고행자처럼 자연 그대로의 사막을 집으로 여기며 살고 있다. 그 점은 과연 딱한 일인지도 모른다. 그러나 아름다운 신기루는 사막의 하늘에서만 생기는 것이다. 온갖 인간사에 환멸을 느낀 그들도 대부분 예술에는 환멸을 느끼지 않는다. 아니, 예술이라는 말만 해도, 보통 사람들은 알지 못하는 금빛의 꿈이 홀연히 허공에 떠오르는 것이다. 그러니까 그들에게도 사실은 의외로 행복한 순간이 없는 것은 아니다.

난쟁이의 말

❀

내가 자신감이 대단히 많다고 생각하는 사람이 있는데, 그것은 큰 착각이다. 다른 작가가 쓴 것에 감탄할 때도 꽤 많다. 특히 뭐든지 단단히 붙잡아 글을 쓰는 사람을 보면, 글의 내용은 잠시 제쳐두더라도, 사물을 붙잡는 방법, 글을 쓰는 방법의 훌륭함에 경의를 표하지 않을 수 없을 때가 많다.

교정 후

나는 상하이로 가는 동안, 지쿠고마루 호의 선장과 대화를 나누었다. 입헌정우회의 횡포니, 데이비드 로이드 조지의 '정의(正義)'니 그런 이야기만 내내 주고받았다. 그러다 문득 선장이 내 명함을 보더니 매우 감탄하며 고개를 끄덕였다.

"'아쿠타가와'라는 성이라니, 참 희귀하군요. 오호, 오사카 마이니치 신문사네요. 역시 정치 경제 전문가십니까?"

나는 적당히 둘러대며 대답했다. 우리는 또 한참 볼셰비즘이니 뭐니 그런 이야기를 나누었다. 그때 마침 내가 그달의 중앙공론에 실린 어떤 논문을 인용했는데, 하필 선장은 그 잡지의 독자가 아니었다.

"뭐, 중앙공론도 좋긴 하지만…" 하고 선장은 쓴웃음을 지으며 말했다. "그 잡지는 소설을 너무 많이 싣는 것 같아서 도무지 사고 싶은 마음이 안 들어요. 그것만 뺄 수는 없는 걸까요?"

나는 최대한 한심한 표정을 지으며 말했다. "그렇죠. 소설은 좀 아니죠. 그것만 없으면 좋을 텐데 말입니다."

그 후로 나는 선장의 각별한 신뢰를 얻은 것 같았다.

조코도 잡기

실용신안을 고안하는 기술자처럼 예술을 다루는 자는 행복하다. 자기를 주장하라고 한다. 그것도 가볍게 주장하라고 한다. 나는 소심해서 그런지 몰라도 그 전에, 주장하고자 하는 나 자신을 먼저 보고 싶다는 생각이 든다. 나를 돌아보며 공허한 자신을 보는 건 불쾌하다. 눈을 가리고 싶을 정도다. 하지만 어쩔 수 없다. 술통이 비어 있는지 아닌지 들여다보지 않으면 술을 채울 수 없다. 어쨌든 싫고 괴로운 일이다. 추한 자신을 쉴 새 없이 주장하는 사람을 보면 혐오와 동시에 압박을 느낀다. 약간이긴 하지만 압박감을 느낀다.

서간

❀

자네는 졸작을 써야만 하네. 졸작을 쓰지 않는 인간은 결국 처음부터 끝까지 범작만 쓰게 될 것이네. 실패해도 좋으니까 진심을 가지고 계속 써나가야 하네. 자신의 졸작은 남의 졸작보다 백배는 더 많은 것을 가르쳐주는 법이네.

서간

예로부터 대작가로 불리는 사람들은 전부 다 잡박한 작가들이었다. 그들은 자신들의 작품 속에 모든 것을 집어넣었다. 괴테를 고금의 대시인이라고 하는 이유도 비록 전부는 아니더라도 대부분은 이 잡박함, 온갖 것이 함께 올라탄 방주보다 더한 잡박함 때문이다.

그러나 엄밀히 생각하면 잡박함은 순수함보다 못하다. 나는 이 점에서 대작가라는 것에 늘 의혹의 눈길을 보낸다. 그들은 과연 한 시대를 대표할 만한 사람이겠지만 그들의 작품이 후세대를 움직이기에 충분하다면, 그것은 오로지 '그들이 얼마만큼 순수한 작가였는가'라는 점으로 귀결된다. "대시인이란 아무것도 아니다. 우리는 그저 순수한 시인을 목표로 해야 한다."라고 《좁은 문》의 주인공이 했던 말도 결코 가볍게 여길 수 없다.

문예적인, 너무나 문예적인

위대한 예술가의 작품을 마음으로 읽을 수 있었을 때, 우리는 종종 그 위대한 힘에 압도된 나머지, 다른 작가들은 마치 있어도 없는 것처럼 보인다. 마치 태양을 보고 있던 사람이 눈을 딴 데로 돌리면 주변이 어둡게 보이는 것처럼.

나는《전쟁과 평화》를 처음 읽었을 때, 다른 러시아 작가들을 얼마나 경멸했는지 모른다. 하지만 그것은 옳지 않다. 우리는 태양 이외에 별도 달도 있다는 것을 알아야 한다. 괴테는 미켈란젤로의《최후의 심판》에 경탄했을 때조차도 바티칸 성당의 라파엘을 경멸하는 것을 주저할 만큼 너그러웠다.

예술 그 외

❀

대작을 걸작과 혼동하는 것은 감상에서의 물질주의이다. 대작은 품삯의 문제일 뿐이다. 나는 미켈란젤로의 벽화《최후의 심판》보다 예순이 넘은 렘브란트의《자화상》을 훨씬 더 사랑한다.

난쟁이의 말

"자네는 문장에 너무 공을 들여. 그렇게까지 공들이지는 말게." 하고 내게 말하는 친구가 있다. 나는 딱히 필요 이상으로 문장에 공을 들인 기억은 없다. 문장은 무엇보다 분명하게 쓰고 싶다. 머릿속에 있는 것을 분명하게 문장으로 표현하고 싶다. 나는 오직 그것만 염두에 둔다. 단지 그뿐인데도 펜을 쥐고 있으면 그렇게 술술 써진 적이 없다. 어김없이 어수선한 문장을 쓰고 있다. 내가 문장을 쓰면서 고심하는 것은 (만약 고심이라고 할 수 있다면) 문장을 분명히 하고 싶다는 것뿐이다. 남의 문장에서 바라는 것도 나 자신에게 바라는 것과 마찬가지다. 분명하지 않은 문장은 아무리 해도 감탄할 수가 없다. 적어도 좋아질 수는 없다. 다시 말해 나는 문장상의 아폴로주의를 신봉하는 사람이다.

나는 누가 뭐라 해도 방해석(方解石)처럼 분명한 문장, 모호함을 허용하지 않는 문장을 쓰고 싶다.

문장과 말

덴류지(天龍寺)의 승려 가잔이 눈이 그친 어느 날 아침, 맑게 갠 하늘을 올려다보며 "어제는 그렇게 눈이 내리던 하늘이 오늘 아침엔 이렇게 햇살이 비치는구나. 이런 의기가 없으면 인간도 큰일을 할 수 없을 테지."라고 말했다고 한다.

오늘 밤 그 글을 읽고 나니 견딜 수 없는 심정이다. 겨우 백 장도 안 되는 단편 하나 쓰는데도 희비가 엇갈리니 내가 생각해도 딱하기 그지없다.

조금 전에도 욕탕에 들어가면서, 탕 안에 들어가기는 이렇게나 쉬운데, 탕 안에 들어가는 것을 글로 쓰는 건 좀처럼 쉽지 않은 것이 이상했다. 또한 불쾌했다. 하지만 친한 중생으로 태어난 이상, 그저 한결같이 참으며 고생하는 수밖에 달리 방법이 없다고 생각한다.

잡필

만약 예술지상주의를 믿지 않는다면, 옛사람도 말했듯이 시를 쓰는 것은 밭을 가는 것과 다를 바가 없다.

문예적인, 너무나 문예적인

❀

도대체 어느 누가 독창적이었던가? 고금의 천재가 쓴 것들에도 프로토타입(prototype)은 곳곳에 존재한다. 그 중에서도 나는 여러 번 훔쳤다.

암중문답

❀

가장 행복한 예술가는 만년에 명성을 얻는 예술가이다.

난쟁이의 말

❀

가장 어려운 예술은 자유롭게 인생을 보내는 것이다. 다만 '자유롭게'라는 말이 반드시 '뻔뻔하게'라는 뜻은 아니다.

난쟁이의 말

만약 현재의 내 개성을 그대로 가진 채 다시 태어난다면, 역시 우선은 인간으로 태어나고 싶다. 다만 좀 더 머리가 좋고, 몸이 튼튼하고, 남자다운 인간으로 태어나고 싶다. 태어나는 장소는 되도록이면 돈이 많은 집에서 태어나, 평생 먹고살기 위해 일할 필요는 없었으면 좋겠다. 너무 돈이 많은 집에 태어나면 오히려 싸우느라 건전하게 자라지 못한다는 말도 있지만, 내 개성을 지금 그대로 가질 수 있다면 그 점은 염려 없을 테니 역시 부잣집이 좋겠다.

나는 또 이런 생각을 한다. 뭐냐 하면 만약 정말로 다시 태어날 수 있다면, 인간보다 하등한 말이나 소로 태어나고 싶다. 그리고 뭔가 나쁜 짓을 하고 죽는다. 그러면 신인지 부처인지는 모르겠지만, 어쨌든 그런 것이 나를 말이나 소보다 더 하등한 참새나 까마귀로 만들 것이다. 그것이 또 나쁜 짓을 하다 죽으면, 이번에는 물고기나 뱀으로 태어나는 것이다. 그것이 또 나쁜 짓을 하다 죽으면 나비나 지렁이 같은 것이 된다. 또 나쁜 짓을 하다 죽으면, 이번에는 솔잎이나 이끼 같은 것이 될 것이다. 그리고 또 나쁜 짓을 하다가 죽으면 박테리아가 된다. 그 박테리아가 나쁜 짓을 하다 죽은 다음에는 신인지 부처인지 모를 무언가가 도대체 나를 무엇으로 만들까 하고 생각하다 보면, 말이나 소로 태어나 차례차례 나쁜 짓을 하다가 죽어 보고 싶은 생각이 든다.

내가 만약 다시 태어난다면

❀

나는 불행히도 '인간다움'을 숭배할 용기는 없다. 아니, 사실 오히려 '인간다움'에 자주 경멸을 느낀다. 그렇지만 언제나 '인간다움'에 사랑을 느끼는 것 또한 사실이다.

사랑을? — 어쩌면 사랑이라기보다 연민인지도 모르겠다. 어쨌든 '인간다움'에도 마음이 움직이지 않게 된다면, 인생은 도저히 견디며 살아갈 수 없는 정신병원으로 변해버릴 것 같다. 조너선 스위프트가 끝내 미쳐버린 것도 당연한 결과라고 할 수밖에 없다.

스위프트는 미쳐버리기 얼마 전, 우듬지가 말라버린 나무를 보며 "내가 꼭 저 나무를 닮았군. 머리부터 먼저 죽어버리는 거지." 하고 중얼거렸다고 한다. 그 일화를 떠올릴 때마다 나는 온몸을 떨지 않을 수가 없다. 나는 스위프트만큼 머리가 좋은 한 시대의 귀재로 태어나지 않은 것을 내심 행복하게 생각한다.

난쟁이의 말

나는 양심을 가지고 있지 않다. 내가 가진 것은 신경뿐이다.

나는 가끔 타인이 '죽었으면 좋겠다'고 생각한 적이 있다. 게다가 그 타인 중에는 나의 육친이 포함된 경우도 있다.

나는 가끔 이런 생각을 했다. '내가 저 여자한테 반했을 때 저 여자도 나한테 반했던 것처럼, 내가 저 여자가 싫어질 땐 저 여자도 내가 싫어지면 좋을 텐데.'

나는 서른 살을 넘긴 후로는, 연애 감정을 느끼면 열심히 서정시를 지으며, 깊이 빠지기 전에 빠져나왔다. 하지만 이것이 꼭 내가 도덕적으로 진보했다는 말은 아니다. 단지 마음속으로 조금 계산하는 법을 배웠기 때문이다.

모든 말은 반드시 동전처럼 양면을 가지고 있다. 나는 그 사람을 '허영꾼'이라고 불렀다. 하지만 그 점에서라면 나도 그와 크게 다를 게 없다. 나 자신에 따르면, 나는 다만 '자존심이 강한 사람'일 뿐이다.

나를 감상적으로 만드는 것은 오직 천진한 어린아이뿐이다.

나는 돈에는 냉담했다. 먹고사는 데에는 곤란하지 않았으니까.

나는 부모에게는 효자였다. 두 분 다 연로했으니까.

나는 두세 명의 친구에게는 설령 진실은 말하지 않았더라도 거짓말은 한 번도 하지 않았다. 물론 그들 역시 거짓말을 하지 않았으니까.

난쟁이의 말 – 나

❀

나는 언제나 나 한 사람이 아니다. 아들이자 남편이자 수컷이다. 인생관으로 보면 현실주의자, 기질적으로 보면 낭만주의자, 철학적으로 보면 회의주의자 등등.

하지만 그런 것은 딱히 문제가 되지 않는다. 다만 그 몇몇의 나 자신이 늘 서로 싸우는 것이 괴롭다.

나는

나는 나를 이해해 줄 사람을 백대 후에 기다리려는 것이 아니다.

대중의 비판은 언제나 쉽게 정곡을 벗어난다. 현재의 대중은 말할 것도 없고, 페리클레스 시대의 아테네 시민이나 르네상스 시대의 피렌체 시민조차도 이상적인 대중과 얼마나 거리가 멀었는지는 역사가 가르쳐주고 있다. 어제와 오늘의 대중이 이미 그러하다면 내일의 대중도 미루어 짐작할 수 있지 않을까. 그들이 백대 후에 모래와 금을 구분할 수 있을지, 나는 비록 유감이지만 의심하지 않을 수 없다.

또한 이상적인 대중이 있다고 한들 과연 절대미라는 것이 예술 세계에 있을 수 있을까. 오늘의 내 눈은 그저 오늘의 내 눈일 뿐, 결코 내일의 내 눈은 아니다. 동시에 나의 눈은 결국 일본인의 눈이지 서양인의 눈이 아닌 것도 분명하다. 그렇다면 내가 어떻게 시공을 초월한 미의 존재를 믿을 수 있을까. 물론 단테의 지옥불에는 지금도 여전히 동방의 풋내기를 전율케 하는 것이 있을지도 모른다. 하지만 그 지옥불과 우리 사이에는 14세기의 이탈리아가 운무처럼 끼어 있지 않은가.

하물며 나는 평범한 문인이다. 설령 후대의 비판에 시달리지 않고 보편적인 미로 존재한다 할지라도, 나의 책을 산속에 숨겨놓는 것 따위는 내가 할 수 있는 일은 아니다. 내가 나를 이해해줄 사람을 백대 후에 기다리는 것이 아님은 물어볼 필요도 없이 명백하다.

후세

❀

시대는 가차 없이 변해간다. 따라서 내 소설 따위는 활자로 찍히기도 여의치 않을 때가 조만간 분명히 올 것이다. 하지만 나는 그때도 여전히 지금처럼 쓴웃음을 지으며 모든 것을 연무(煙霧)처럼 바라볼 것이다. 나는 시대에 대한 예의를 그런 식으로밖에 알지 못하기 때문이다.

미적지근하다고, 철저하지 못하다고, 또는 어정쩡하다고, 그렇게 나를 평하는 사람은 마음대로 평해도 좋다. 나는 그저 그 앞에서도 똑같이 쓴웃음의 인사를 건네려고 할 것이다.

〈발타자르〉 서문

저는 그저 이 화려한 옷을 입고 공중제비를 보여드리며 태평한 삶을 즐길 수만 있다면 아무런 부족함이 없는 난쟁이 어릿광대이옵니다. 부디 제 소원을 들어주시옵소서.

부디 쌀 한 톨조차 없을 만큼 가난하게 해주시옵소서. 또한 부디 곰발바닥 요리도 질려버릴 만큼 부유하게 해주시옵소서.

부디 뽕잎 따는 시골 아낙조차 저를 싫어하게 해주시옵소서. 또한 부디 아름다운 후궁까지 저를 사랑하게 해주시옵소서.

부디 콩과 보리조차 구분하지 못할 만큼 우매하게 해주시옵소서. 또한 부디 하늘의 기운까지 알아차릴 만큼 총명하게 해주시옵소서.

그리고 다른 무엇보다도 부디 용감한 영웅이 되지 않게 해주시옵소서. 저는 때때로 기어오르기 힘든 산봉우리 끝까지 오르고, 넘기 힘든 바다의 파도를 건너는, 말하자면 불가능을 가능으로 만들려는 꿈을 꿀 때가 있습니다. 그런 꿈을 꿀 때만큼 두려운 적은 없습니다. 저는 용과 싸우듯이 꿈과 싸우느라 괴롭습니다.

부디 제가 영웅이 되지 않도록, 영웅의 뜻을 세우지 않도록 힘없는 저를 지켜주시옵소서.

저는 그저 봄의 햇술에 취해 금루(金縷)의 노래를 읊으며 이 좋은 날을 즐길 수만 있다면 아무런 부족함이 없는 난쟁이 어릿광대이옵니다.

난쟁이의 말

❀

나는 가끔 인생을 꿰뚫고 흐르는 힘, 예술을 꿰뚫고 흐르는 힘 앞에 마주 설 때가 있다. (마주 서 있다고 생각하면 금세 그 힘을 놓쳐버리곤 하지만) 그리고 그 힘을 놓쳐버리는 순간, 나는 내 주위를 둘러싼 커다란 암흑과 적요를 두려워하는 마음을 떨칠 수가 없다.

내가 나 이외의 인간에게서 사랑을 원하는 것은 바로 그럴 때다. 그럴 때 나는 개성의 장벽으로 인해 모든 것과 인연이 끊어진 나 자신을 본다. 길고 긴 시간의 흐름 속에 무수한 모래알보다 더 작은 나 자신을 본다. 나는 그럴 때 마음으로부터 사랑을 원한다. 그럴 때가 내게는 종종 있다. 나는 외롭다.

하지만 나는 서 있는 자는 걸어야 한다는 걸 알고 있다. 그것이 가시밭길이든 눈물의 계곡이든 한결같이 걸어야 한다는 것을 알고 있다. 그래서 나는 걷는다. 걷고 걷다가 죽을 것이다. 나는 외롭다.

서간

어떤 목소리 : 그럼 넌 왜 죽지 않는 거지? 넌 누가 보더라도 법률상 죄인이 아닌가?

나 : 그것도 알고 있어. 베를렌처럼, 바그너처럼, 또는 위대한 스트린드베리처럼.

어떤 목소리 : 그러나 넌 속죄하지 않았어.

나 : 아니, 난 속죄했어. 괴로움보다 더한 속죄는 없어.

어떤 목소리 : 넌 어쩔 수 없는 악인이군.

나 : 난 오히려 선한 사람이야. 내가 만약 악인이라면 이렇게 괴로워하지도 않을뿐더러 연애를 이용해 여자에게서 돈이나 뜯어냈겠지.

암중문답

❀

어떤 목소리 : 넌 정직해. 아무것도 들통나지 않았는데도 네가 사랑하는 여자의 남편에게 모든 걸 고백했잖아.

나 : 그것도 아니야. 나는 고백하지 않고는 견딜 수 없는 심정이 되기 전까지는 고백하지 않았어.

암중문답

어떤 목소리 : 넌 끝까지 네 행동이 옳다고 생각하는군.

나 : 끝까지 옳다고 생각한다면 너와 문답 따위는 하지 않겠지.

어떤 목소리 : 그러면 옳지 않다는 건가?

나 : 난 포기했어.

어떤 목소리 : 그럼 네 책임은 어떻게 할 거야?

나 : 4분의 1은 나의 유전, 4분의 1은 나의 환경, 4분의 1은 나의 우연 — 따라서 내 책임은 4분의 1뿐이야.

어떤 목소리 : 이 비열한 놈!

나 : 누구나 다 나만큼은 비열하겠지.

암중문답

❀

어떤 목소리 : 넌 뭘 하고 있어?

나 : 그냥 글을 쓰고 있어.

어떤 목소리 : 왜 글을 쓰는 거지?

나 : 그냥 글을 안 쓰면 견딜 수가 없으니까.

어떤 목소리 : 그럼 써. 죽을 때까지 써.

나 : 물론이지. 무엇보다 그것 말고는 방법이 없어.

암중문답

그는 인생을 알기 위해 거리의 행인을 보지 않았다. 오히려 거리의 행인을 보기 위해 책 속의 인생을 알려고 했다. 그것은 어쩌면 인생을 알기 위해서는 우회로였는지도 모른다. 하지만 그에게 거리의 행인은 그저 행인일 뿐이었다. 그는 그들을 알기 위해 —그들의 사랑과 증오와 허영심을 알기 위해 책을 읽을 수밖에 없었다. 책을, 특히 세기말 유럽이 낳은 소설과 희곡을. 그는 그 차가운 빛 속에서 자신의 눈앞에 펼쳐지는 인간 희극을 발견했다. 아니, 어쩌면 선악을 구분하지 않는 자신의 영혼까지도 발견했다.

다이도지 신스케의 반생

❀

내가 의식하고 있는 것은 내 영혼의 일부분뿐이다. 내가 의식하고 있지 않은 부분은 — 내 영혼의 아프리카는, 끝없이 망망하게 펼쳐져 있다. 나는 그것이 두렵다. 빛 속에는 괴물이 살지 않는다. 그러나 끝없는 어둠 속에는 무언가가 아직 잠들어 있다.

암중문답

"요즘은 어떠십니까?"

"여전히 신경만 곤두서 있습니다."

"그건 약으로도 안 됩니다. 혹시 신자가 되실 생각은 없습니까?"

"저도 그럴 수만 있다면…."

"어려울 건 전혀 없습니다. 그저 하느님을 믿고, 하느님의 아들인 그리스도를 믿고, 그리스도가 행한 기적을 믿기만 하면…."

"악마를 믿는 건 할 수 있겠는데요. …"

"그럼 어째서 하느님을 믿지 않는 겁니까? 만약 그림자를 믿는다면 빛도 믿을 수밖에 없지 않나요?"

"하지만 빛이 없는 그림자도 있겠지요."

"빛이 없는 그림자요?"

나는 침묵할 수밖에 없었다. 그도 역시 나처럼 어둠 속을 걷고 있었지만, 어둠이 있는 한, 빛도 있다고 믿고 있었다. 우리의 논리가 다른 점은 오직 그것 하나뿐이었다. 하지만 그것은 적어도 내게는 건널 수 없는 강임에 틀림없었다. …

톱니바퀴

나는 전등불 아래 서가 사이를 헤매고 다녔다. 그리고 '종교'라는 팻말이 붙은 책장 앞에 발을 멈추고 녹색 표지의 책을 훑어보았다. 책의 목차 몇 장인가에 '네 가지 두려운 적 — 의혹, 공포, 교만, 관능적 욕망'이라는 말이 나열되어 있었다. 나는 그 말을 보자마자 더더욱 반항 정신이 솟구치는 것을 느꼈다. 적이라고 부르는 그것들은 적어도 내게는 그저 감수성이나 이성의 또 다른 이름일 뿐이었다.

톱니바퀴

❀

모든 것이 거짓처럼 느껴졌다. 정치, 산업, 예술, 과학 — 이 모든 것들이 나에게는 다만 무시무시한 인생을 감추고 있는 잡색의 에나멜 페인트일 뿐이었다.

톱니바퀴

❀

그는 악당이 될 수는 있어도 바보가 될 수는 없다고 믿었다. 그러나 몇 년이 지나고 보니, 조금도 악당이 되지 못했을 뿐 아니라, 처음부터 끝까지 늘 바보였다.

난쟁이의 말

"매형은 '비행기 병'이라는 병을 알고 있어요?"

나는 궐련에 불을 붙이며, '아니'라고 말하는 대신 고개를 가로저었다.

"비행기를 타는 사람은 높은 하늘의 공기만 마시기 때문에 점점 이 땅 위의 공기를 견디지 못하게 돼버린대요.…"

톱니바퀴

❀

"왜 그래?"

"아뇨, 아무것도 아니에요. …"

아내는 겨우 고개를 들고 억지로 미소 지으며 말했다.

"아무것도 아닌데, 그냥 왠지 당신이 죽어버릴 것 같은 느낌이 들어서요. …"

그것은 내 평생에 가장 무서운 경험이었다.

나는 이제 더 이상 글을 쓸 힘이 없다. 이런 기분 속에 살아 있는 것은 뭐라 말로 표현할 수 없는 고통이다.

누군가 내가 잠든 사이에 몰래 내 목을 졸라 죽여줄 사람은 없을까?

톱니바퀴

나는 물론 실패했다. 그렇지만 나를 만들어낸 것은 분명 또 다른 누군가를 만들어낼 것이다. 한 그루의 나무가 말라 죽는 것은 지극히 하잘것없는 문제일 뿐이다. 무수한 씨앗을 품고 있는 커다란 땅이 존재하는 한.

난쟁이의 말

❀

아쿠타가와 류노스케! 아쿠타가와 류노스케!

너의 뿌리를 단단히 내려라. 너는 바람에 흔들리는 갈대다. 하늘의 날씨는 언제 변할지 모른다. 그저 단단히 버티고 서 있어라. 그건 너 자신을 위해서다. 또한 동시에 네 자식들을 위해서다. 자만하지 마라. 동시에 비굴해지지도 마라. 이제부터 너는 다시 시작하는 거다.

암중문답

❀

시골길은 어디로 향하고 있는 걸까?
우울한 밭에는 그저 가느다란 파만 심어져 있구나.
나는 정처 없이 걸어간다,
우울한 머릿속에 면도날의 번쩍임만을 느끼며.

시가

우리 인간은 하나의 사건 때문에 쉽게 자살 같은 것을 하는 것이 아니다. 나는 지난 생활의 총결산을 위해 자살하는 것이다.

…

나는 물론 죽고 싶지 않다. 그러나 살아 있는 것도 고통이다. 사람들은 부모와 처자식까지 있는데도 자살하는 바보를 보고 비웃을지도 모른다. 하지만 나는 만약 혼자라면 어쩌면 자살하지 않을지도 모른다.

나는 양자로 들어간 후로 제멋대로 말한 적이 없었다. (그렇다기보다는 그렇게 말할 수가 없었던 것이다. 나는 양부모에게 했던 '효도에 가까운 것'도 후회한다. 하지만 그것도 나로서는 어쩔 수 없었던 것이다.) 지금 내가 자살하는 것은 평생에 단 한 번 제멋대로 구는 일인지도 모른다.

나도 한때는 다른 모든 청년들처럼 많은 꿈을 꾼 적이 있었다. 하지만 이제 와서 생각해보면, 나는 결국 미치광이의 자식이었던 것이다. 나는 지금 나 자신에게는 물론, 모든 것에 혐오를 느낀다.

유서

인생은 죽음에 이르는 싸움이라는 것을 잊지 마라.

따라서 너희들의 힘을 믿지 마라. 너희들의 힘을 기르는 것을 목표로 삼아라.

아득한 천명은 알기 어렵다 할지라도, 가능한 한 너희들의 가족에게 기대지 말고, 너희들의 욕망을 포기하라. 그것이 너희를 평화롭게 하는 길이다.

너희들의 어머니를 애처롭게 생각하라. 하지만 그것 때문에 너희들의 의지를 굽히지는 마라. 그것은 오히려 나중에 너희들의 어머니를 불행하게 만드는 것이다.

너희들은 모두 너희들의 아버지처럼 신경이 예민한 것을 피할 수 없다. 이 사실에 특별히 주의하라.

너희들의 아버지는 너희들을 사랑한다. (만약 너희들을 사랑하지 않았다면 너희들을 버렸을 것이다. 만약 그랬다면 자살하지 않았을지도 모른다.)

유서 - 아이들에게

나는 가끔 20년 후, 50년 후, 혹은 백 년 후에 사람들이 내가 존재했다는 것조차 모르는 시대가 오는 것을 상상한다. 그때 나의 작품집은 수북한 먼지에 뒤덮인 채, 간다 근처에 있는 어느 헌책방의 책장 한구석에서 허무하게 독자를 기다리고 있겠지. 아니, 어쩌면 어느 도서관에 달랑 한 권이 남아 무참히 좀이 먹은 채, 글자조차 읽을 수 없을 만큼 너덜너덜해져 있을지도 모른다. 그렇지만 —,

나는 그렇지만, 하고 생각한다.

그렇지만 누군가 우연히 내 작품집을 발견하고 그중의 짧은 한 편을, 아니 어쩌면 그 한 편 안의 단 몇 줄이라도 읽는 일이 일어날 수도 있지 않을까. 좀 더 뻔뻔한 희망을 말해본다면, 한 편이 됐든 몇 줄이 됐든, 내가 알지 못하는 미래의 독자에게 조금이나마 아름다운 꿈을 보여줄 수 있지는 않을까.

나는 나를 이해해줄 사람을 백대 후에 기다리려는 것이 아니다. 그렇기 때문에 나는 이런 내 상상이 얼마나 나의 믿음과 모순되는지 잘 알고 있다.

하지만 나는 여전히 상상한다. 적막한 백대 후에 내 작품집을 손에 든 한 사람의 독자가 있음을. 그리고 그 독자의 마음 앞에 어렴풋이 떠오르는 나의 신기루가 있음을.

후세

유고

그는 자신의 삶을 돌아보았지만
특별히 바라는 것은 아무것도 없었다.
하지만 그 보라색 불꽃, —
무시무시한 그 공중의 불꽃만큼은
목숨과 맞바꿔서라도 붙잡고 싶었다.

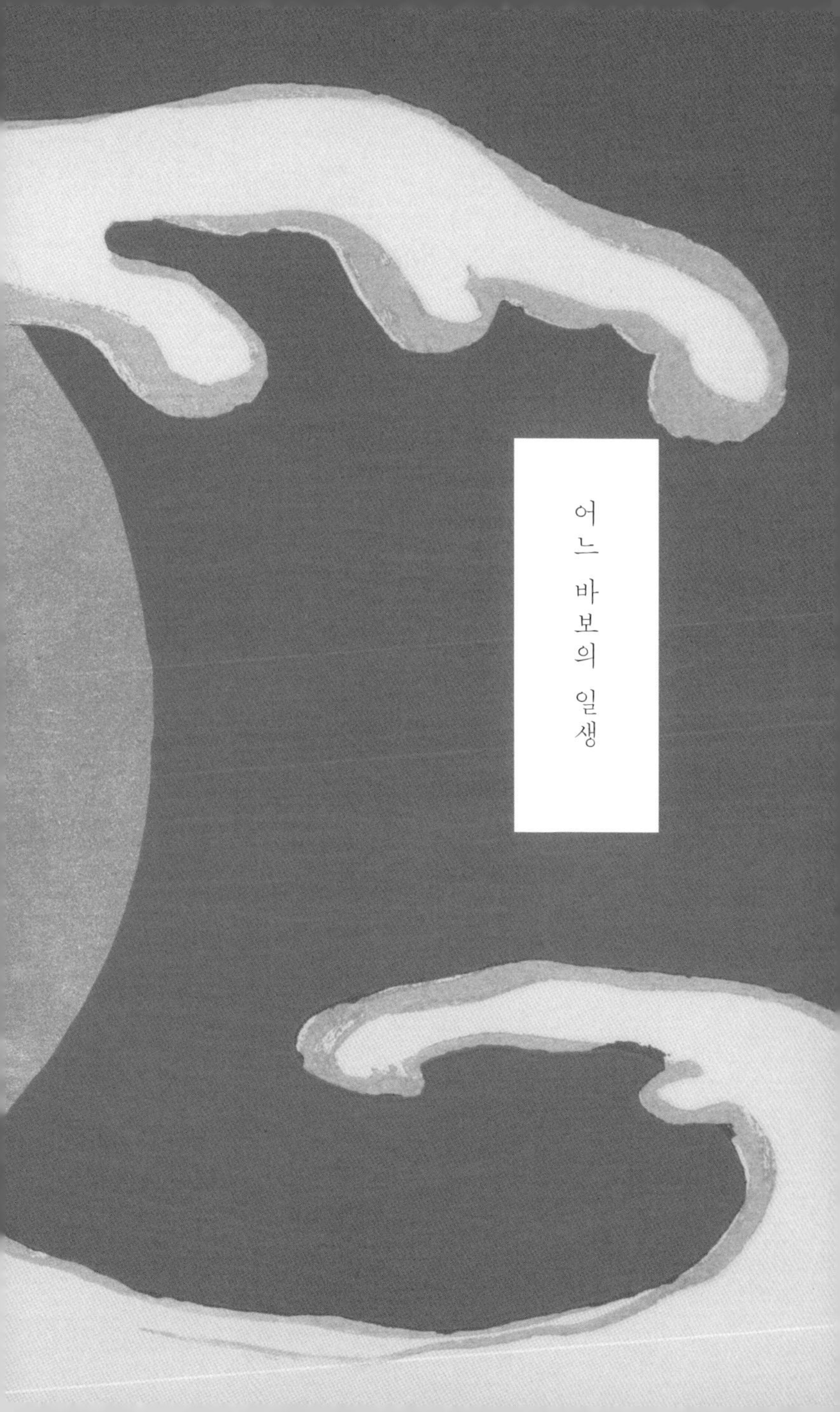

어느 바보의 일생

나는 이 원고*의 발표 여부는 물론, 발표 시기와 매체도 자네에게 맡기고 싶네.

자네는 이 원고 안에 등장하는 대부분의 인물을 알고 있을 것이네. 하지만 발표한다 해도 그 인물에 대한 색인은 달지 말아 주기를 바라네.

나는 지금 가장 불행한 행복 속에 살고 있네. 하지만 이상하게도 후회는 하지 않네. 다만 나같이 나쁜 남편, 나쁜 자식, 나쁜 부모를 둔 사람들이 너무나도 가엽다는 생각이 드네.

그럼 잘 있게. 나는 이 원고 안에서는 조금도 의식적으로는 자기변호를 하지 않았다고 생각하네.

마지막으로, 내가 이 원고를 특별히 자네에게 맡기는 이유는 아마도 자네가 누구보다 나를 잘 알고 있을 거라고 생각하기 때문이네. (도시인이라는 내 껍데기를 벗기고) 아무쪼록 이 원고 속의 내 바보스러움을 웃어주게나.

1927년 6월 20일 아쿠타가와 류노스케

구메 마사오 군에게

---

* 〈어느 바보의 일생〉은 1927년 아쿠타가와의 사망 후 발표된 유고로, 아쿠타가와가 자신의 삶을 돌아보며 쓴 자전적 성격의 글이다.

1. 시대

그것은 어느 서점의 이층이었다. 스무 살의 그는 책장에 걸쳐 놓은 서양식 사다리에 올라가 새로운 책을 찾고 있었다. 모파상, 보들레르, 스트린드베리, 입센, 쇼, 톨스토이….

그러는 사이에 해가 저물기 시작했다. 하지만 그는 열심히 책등에 찍힌 글자를 읽어갔다. 그곳에 진열된 것들은 책이라기보다 오히려 세기말 그 자체였다. 니체, 베를렌, 공쿠르 형제, 도스토옙스키, 하우프트만, 플로베르….

그는 침침한 어둠과 싸우며 그들의 이름을 헤아려갔다. 하지만 책은 어느덧 나른한 그림자 속으로 가라앉기 시작했다. 그는 마침내 더는 버티지 못하고 서양식 사다리를 내려오려고 했다. 그러자 갓 없는 전등불 하나가 갑자기 그의 머리 위에서 번쩍 켜졌다. 그는 사다리 위에 멈춰 선 채, 책들 사이로 움직이고 있는 점원과 손님을 내려다보았다. 그들은 묘하게 작았다. 그뿐 아니라 너무나 초라했다.

"인생은 한 줄의 보들레르에도 미치지 못한다."

그는 한동안 사다리 위에서 그런 그들을 바라보고 있었다. …

2. 어머니

광인들은 전부 똑같이 회색 옷을 입고 있었다. 넓은 방은 그 때문에 더한층 우울해 보이는 것 같았다. 그들 중 한 명은 풍금 앞에 앉아 열심히 찬송가를 치고 있었다. 동시에 또 다른 한 명은 방 한가운데에서, 춤을 춘다기보다는 뛰며 돌아다니고 있었다.

그는 혈색 좋은 의사와 함께 그런 광경을 바라보고 있었다. 그의 어머니도 10년 전에는 그들과 조금과 다르지 않았다*. 조금도, — 그는 실제로 그들의 악취에서 어머니의 악취를 느꼈다.

"자, 그만 갈까?"

의사는 앞장서서 복도를 따라 어느 방으로 갔다. 그 방 한구석에는 알코올이 채워진 커다란 유리 항아리 안에 몇 개의 뇌가 담겨 있었다. 그는 그중의 어느 뇌 위에 희미하게 하얀 것을 발견했다. 그것은 마치 달걀 흰자위를 살짝 떨어뜨려놓은 것 같았다. 그는 의사와 서서 이야기를 하면서 또다시 그의 어머니를 떠올렸다.

"이 뇌를 가졌던 남자는 ×× 전등회사의 기사였네. 늘

---

* 아쿠타가와는 생모의 정신이상 때문에 생후 7개월 뒤 외가에 양자로 들어갔다. 생모는 아쿠타가와가 열한 살 때 세상을 떠났고, 그는 평생 어머니의 정신질환이 자신에게 유전될지도 모른다는 강박으로 괴로워했다. "나의 어머니는 광인이었다."라는 문장으로 시작하는 단편 〈점귀부〉에는 생모에 대한 회상이 그려져 있다.

자신을 검게 윤이 나는 커다란 발전기라고 생각했지."

그는 의사의 눈을 피하기 위해 유리창 밖을 바라보고 있었다. 거기에는 빈 병 조각을 꽂아둔 벽돌담 외에는 아무것도 없었다. 하지만 그것은 엷은 이끼를 군데군데 희부옇게 만들고 있었다.

3. 집

그는 어느 교외의 이층집 방에 살고 있었다. 지반이 약해서인지 묘하게 기울어진 이층집이었다.

그는 그의 큰이모와 그 이층집에서 몇 번이나 다투었다. 그의 양부모*가 그와 큰이모 사이를 중재할 때도 있었다. 하지만 그는 누구보다도 큰이모에게 사랑을 느꼈다. 평생 독신으로 살았던 큰이모는 그가 스무 살 때 이미 예순을 바라보는 노인이었다.

그는 어느 교외의 이층집에서 몇 번이나, 서로 사랑하는 사람은 서로를 괴롭히는 건가, 하고 생각하곤 했다. 그러는 사이에도 왠지 기분 나쁜 이층집의 기울어짐을 느끼면서.

* 아쿠타가와는 외삼촌의 양자로 들어갔지만, 실질적인 어머니는 생모의 언니인 큰이모였다.

4. 도쿄

스미다 강은 을씨년스럽게 흐려 있었다. 그는 달리고 있는 작은 증기선의 창으로 무코지마의 벚꽃을 바라보고 있었다. 꽃을 가득 담은 벚나무는 그의 눈에 한 줄로 늘어놓은 누더기처럼 우울했다. 하지만 그는 언젠가 그 벚꽃에서—, 에도 시대부터 피어온 무코지마의 벚꽃에서 어느덧 자신을 발견했다.

5. 자아

그는 그의 선배*와 함께 어느 카페의 테이블에 앉아, 쉬지 않고 궐련을 피우고 있었다. 그는 그다지 말을 하지 않았지만, 선배가 하는 말에는 열심히 귀를 기울이고 있었다.

"오늘은 한나절을 자동차를 타고 다녔어."

"무슨 일이라도 있었습니까?"

선배는 턱을 괸 채, 아무렇지 않게 대답했다.

"아니 뭐, 그냥 타고 싶어서."

선배의 그 말은 그가 알지 못하는 세계로, — 신들과 가까운 '자아'의 세계로 그를 해방시켰다. 그는 왠지 아픔을

---

* 다니자키 준이치로.

느꼈지만, 또한 동시에 기쁨도 느꼈다.*

카페는 매우 작았다. 하지만 목신(牧神)의 액자 아래에는, 붉은 화분에 심은 고무나무 한 그루가 두툼한 이파리를 축 늘어뜨리고 있었다.

6. 병

그는 끊임없는 바닷바람 속에서 커다란 영어 사전을 펼치고, 손가락 끝으로 말을 찾고 있었다.

Talaria — 날개 달린 신발, 또는 샌들.

Tale — 이야기.

Talipot — 동인도에서 나는 야자나무. 줄기는 50피트에서 100피트에 이르고, 잎은 우산, 부채, 모자 등으로 쓰인다. 70년에 한 번 꽃을 피운다. …

그의 상상은 이 야자나무의 꽃을 또렷이 그리기 시작했다. 그때 그의 목구멍 안쪽에서 지금까지 알지 못했던 가려움이 느껴지더니, 그는 자기도 모르게 사전 위에 가래를 떨어뜨렸다. 가래를? — 하지만 그것은 가래가 아니었다. 그는 짧은 목숨을 생각하며 다시 한번 그 야자나무의

* 온갖 생활고와 인간관계에서 벗어나고 싶었지만 그럴 수 없었던 아쿠타가와는 그런 자신과 달리 자유롭게 자아를 추구하며 살았던 다니자키에게 부러움을 느꼈다.

꽃을 상상했다. 먼 바다 너머 높이 솟아 있는 그 야자나무의 꽃을.

7. 그림

그는 갑자기—그것은 정말로 갑자기였다— 어느 서점 앞에 서서 고흐의 화집을 보고 있는 사이에 갑자기 그림이라는 것을 이해하게 되었다. 물론 그 고흐의 화집은 사진판임에 틀림없었지만, 그는 사진판 속에서도 선명히 떠오르는 자연을 느꼈다.

그 그림에 대한 정열은 그의 시야를 새롭게 했다. 그는 어느샌가 나뭇가지의 물결이나 여자의 뺨이 봉긋한 모양에 끊임없이 주의를 기울이기 시작했다.

비를 머금은 어느 가을날 해 질 무렵, 그는 어느 교외의 다리 아래를 지나갔다.

다리 건너편 둑 아래에는 짐마차 한 대가 세워져 있었다. 그는 그곳을 지나가다가, 누군가 예전에 이 길을 지나간 적이 있다는 걸 느꼈다. 누군가? — 그건 자신에게 새삼 물을 필요도 없었다. 스물세 살의 그의 마음속에는 자신의 귀를 자른 네덜란드인 한 명이 긴 파이프를 문 채, 그 우울한 풍경화 위로 날카로운 눈길을 가만히 던지고 있었다. …

8. 불꽃

그는 비에 젖은 채 아스팔트 위를 밟으며 걸어갔다. 비는 세차게 퍼부었다. 그는 물보라가 가득한 속에서 고무비옷의 냄새를 느꼈다.

그때 눈앞에 전깃줄 하나가 보라색 불꽃을 일으켰다. 그는 묘한 감동을 느꼈다. 겉옷 호주머니 안에는 동인지에 발표할 그의 원고가 감추어져 있었다. 그는 빗속을 걸으며 다시 한번 뒤에 있는 전깃줄을 올려다보았다.

전깃줄은 여전히 날카로운 불꽃을 발하고 있었다. 그는 자신의 삶을 돌아보았지만 특별히 바라는 것은 아무것도 없었다. 하지만 그 보라색 불꽃, — 무시무시한 그 공중의 불꽃만큼은 목숨과 맞바꿔서라도 붙잡고 싶었다.

9. 사체

사체의 엄지발가락에는 전부 철사가 달린 표식이 매달려 있었다. 그 표식에는 이름이나 나이 같은 것이 적혀 있었다. 그의 친구는 허리를 구부리고 능숙하게 메스를 움직이며, 어느 사체의 얼굴 가죽을 벗기기 시작했다. 가죽 아래에 펼쳐져 있는 것은 아름다운 노란색 지방이었다.

그는 그 사체를 응시했다. 그것은 어느 단편을—왕조 시대를 배경으로 한 어느 단편을 완성하기 위해 그에게 꼭 필요했다. 하지만 썩은 살구 냄새 비슷한 사체의 악취는 불쾌했다. 그의 친구는 미간을 찡그리며 조용히 메스를 움직였다.

"요즘은 시신도 부족해서 말야."

친구는 이렇게 말했다. 그때 그는 자신도 모르는 사이에 대답을 준비하고 있었다.

— '시신이 부족하다면 난 아무런 악의도 없이 사람을 죽일 거네.' 하지만 물론 그의 대답은 그의 마음속에만 있을 뿐이었다.

10. 선생

그는 커다란 떡갈나무 아래에서 선생*의 책을 읽고 있었다. 떡갈나무는 가을 햇살 속에 이파리 한 장 움직이지 않았다. 어딘가 먼 하늘에 유리 접시를 매단 저울 하나가 정확하게 평형을 유지하고 있다. — 그는 선생의 책을 읽으면서 그런 광경을 느끼고 있었다. …

11. 새벽녘

밤은 서서히 밝아졌다. 그는 언젠가 어느 마을 한 모퉁

* 나쓰메 소세키.

이에서 넓은 시장을 바라보고 있었다. 시장에 무리 지어 있는 사람들과 수레는 하나같이 장밋빛으로 물들기 시작했다.

그는 궐련 한 개비에 불을 붙이고는 조용히 시장 안으로 걸어갔다. 그러자 여윈 검은 개 한 마리가 갑자기 그를 향해 짖어댔다. 하지만 그는 놀라지 않았다. 놀라기는커녕 그 개가 사랑스러웠다.

시장 한복판에는 플라타너스 한 그루가 사방으로 가지를 뻗고 있었다. 그는 그 아래에 서서 나뭇가지 너머로 높은 하늘을 쳐다보았다. 하늘에는 그의 머리 바로 위에 별 하나가 반짝이고 있었다.

그것은 그가 스물다섯 살, 선생을 만난 지 석 달째 되는 날이었다*.

12. 군항

잠항정 내부는 어두컴컴했다**. 그는 온 사방을 뒤덮은

---

* 아쿠타가와는 대학 재학 중 소세키의 서재에서 열린 목요회에서 처음으로 소세키를 만났다. 그 후 〈코〉가 소세키의 극찬을 받으며 문단에 등단하게 되는데, 그 무렵의 감정이 담겨 있다.

** 대학 졸업 후 해군기관학교의 영어 교관으로 부임했다. 군사학교에서 패전이나 패망한 국가의 역사 등을 가르치며, 전쟁과 군인에 대한 반감을 숨기지 않아 '패전 교관'이라는 별명을 얻기도 했다.

기계들 사이에서 허리를 굽히고 작은 잠망경을 들여다보았다. 그 잠망경에 비친 것은 밝은 군항의 풍경이었다.

"저기 곤고 전함*도 보이시지요?"

어느 해군 장교는 그렇게 그에게 말을 걸기도 했다. 그는 사각 렌즈 위에 비친 작은 군함을 바라보며, 웬일인지 문득 파슬리를 떠올렸다. 1인분에 30전 하는 비프 스테이크 위에서도 희미하게 향을 풍기는 파슬리를.

13. 선생의 죽음

그는 비 갠 뒤의 바람 속에서 새로 생긴 어느 정류장의 플랫폼을 걷고 있었다. 하늘은 아직 어둑어둑했다. 플랫폼 건너편에는 철도 인부 서너 명이 일제히 위아래로 곡괭이질을 하며 뭔가 큰 소리로 노래를 부르고 있었다.

비 갠 뒤의 바람은 인부의 노래와 그의 감정을 갈기갈기 날려버렸다. 그는 궐련에 불도 붙이지 않은 채 기쁨에 가까운 고통을 느끼고 있었다. '선생 위독**'이라는 전보를 외투 호주머니 속에 찔러 넣은 채. …

* 영국에서 준공된 일본 해군의 전함. 아쿠타가와는 해군기관학교 교관이었을 때 생도를 인솔하며 이 전함에 탑승한 적이 있다.

** 1917년 아쿠타가와가 해군기관학교에 재직 중일 때 소세키가 세상을 떠났다.

바로 그때 건너편의 소나무 산 그늘에서, 오전 여섯 시 출발 상행열차 한 대가 희미한 연기를 흩날리며, 구불구불 이쪽으로 다가오기 시작했다.

14. 결혼

그는 결혼*한 다음 날 "결혼하자마자 낭비하면 안 돼." 하고 그의 아내에게 잔소리를 했다. 그러나 그것은 그의 잔소리라기보다는 그의 큰이모가 말하라고 시킨 잔소리였다. 그의 아내는 그는 물론 그의 큰이모에게도 잘못했다고 말했다. 그를 위해 사온 노란 수선화 화분을 앞에 놓은 채. …

15. 그들

그들은 평화롭게 생활했다. 커다란 파초 잎이 드리워진 그늘에서. — 그들의 집은 도쿄에서 기차로도 한 시간이 걸리는 어느 바닷가 마을에 있었기 때문에**.

* 소세키 사망 후 두 달 뒤에 후미와 결혼했다.

** 아쿠타가와와 후미는 결혼 후 가마쿠라에서 둘만의 신혼 생활을 보냈지만, 1년 후 도쿄로 돌아와 양부모, 큰이모와 함께 살았다.

16. 베개

그는 장미 잎 향이 나는 회의주의를 베개로 삼으며, 아나톨 프랑스의 책을 읽고 있었다. 하지만 어느새 그 베개 안에도 반인반마의 신이 와 있다는 것은 알지 못했다.

17. 나비

바다풀 내음으로 가득한 바람 속에서 나비 한 마리가 순간 모습을 비추었다. 그 아주 짧은 한순간, 그는 자신의 마른 입술에 나비의 날개가 닿는 것을 느꼈다. 하지만 그의 입술 위에 나비가 어느샌가 묻히고 가버린 날개의 가루만큼은 몇 년이 지나도 변함없이 반짝이고 있었다.

18. 달

그는 어느 호텔 계단에서 우연히 그녀*와 마주쳤다. 그녀의 얼굴은 이런 한낮에도 달빛 속에 있는 것 같았다. 그는 그녀를 보내면서 (그들은 일면식도 없는 사이였다.) 지금까지 알지 못했던 외로움을 느꼈다.

---

* 노노구치 도요코. 아쿠타가와가 해군기관학교에 근무할 때 알게 된 여성으로, 가마쿠라에 있는 고마치엔 여관의 여주인이다. 이 유고에서 아쿠타가와가 '달빛 속에 있는 듯한'이라고 표현한 여자로, 오랫동안 연인 관계였다.

19. 인공의 날개

그는 아나톨 프랑스에서 18세기의 철학자들로 옮겨갔다. 하지만 루소에게는 다가가지 않았다. 그것은 어쩌면 자신의 한 면 — 정열에 사로잡히기 쉬운 면이 루소와 비슷해서였는지도 모른다. 그 대신 그는 자신의 다른 한 면 — 차가운 이성이 풍부한 면에서 자신과 비슷한《캉디드》의 철학자에게로 다가갔다.

인생은 스물아홉의 그에게는 조금도 밝지 않았다. 하지만 볼테르는 그런 그에게 인공의 날개를 달아주었다.

그는 그 인공의 날개를 펼치고 가볍게 하늘로 날아올랐다. 또한 동시에 이성의 빛을 받은 인생의 기쁨과 슬픔은 그의 눈 아래로 점점 가라앉았다. 그는 초라한 마을들 위로 반어와 미소를 뿌리며, 거칠 것이 없는 하늘 위로 태양을 향해 똑바로 올라갔다. 마치 인공의 날개가 태양 빛에 타버린 바람에 결국 바다에 떨어져 죽은 옛 그리스인도 잊은 것처럼. …

20. 형틀

그들 부부는 그의 양부모와 한집에 살게 되었다. 그것은 그가 어느 신문사에 입사하게 되었기 때문이었다. 그는 노란색 종이에 쓴 계약서 한 장에서 힘을 얻었다. 하지만 나중에 그 계약서를 보니, 신문사는 아무런 의무도 지지 않고 그만 의무를 지는 것이었다.*

21. 미치광이의 딸

두 대의 인력거는 인적 없는, 흐린 하늘의 시골길을 달려갔다. 그 길이 바다로 향하고 있다는 것은 바닷바람이 불어오는 것으로도 분명히 알 수 있었다. 뒤쪽 인력거에 타고 있던 그는 이 재회에 조금도 흥미가 없는 것을 이상하게 생각하면서도, 자신을 여기로 이끈 것은 무엇일까 생각했다. 그것은 결코 연애는 아니었다. 만약 연애가 아니라면, — 그는 그 답을 피하기 위해 '어쨌든 우리는 대등하다'고 생각하지 않을 수 없었다.

앞쪽 인력거에 타고 있는 사람은 어느 미치광이의 딸**이었다. 뿐만 아니라 그녀의 여동생은 질투 때문에 자살을 했다.

"이제 더이상 안 되겠어."

그는 이미 이 미치광이의 딸에게 — 동물적 본능만 강

* 해군기관학교를 사직하고 오사카 마이니치 신문사에 입사했다. 소세키처럼 신문사에 나갈 의무는 없이 작품의 기고가 주된 일이었다.

** 히데 시게코. 아쿠타가와는 어느 문학 모임에서 히데 부인을 만나 매력에 끌렸지만, 그녀의 광적이고 집요한 성격에 괴로워했다.

한 그녀에게 어떤 증오를 느끼고 있었다.

두 대의 인력거는 그사이에 비린내 나는 묘지 밖으로 빠져나갔다. 굴 껍데기를 붙인 섶나무 가지 울타리 안에는 석탑 몇 개가 거무스름했다. 그는 그 석탑 너머로 희미하게 반짝이는 바다를 바라보며, 왠지 모르게 갑자기 그녀의 남편을—그녀의 마음을 사로잡지 않은 그녀의 남편을 경멸하기 시작했다. …

22. 어느 화가

그것은 어느 잡지의 삽화였다. 하지만 수탉 한 마리를 그린 수묵화는 눈에 띄는 개성을 드러내고 있었다. 그는 어느 친구에게 이 화가에 대해 물었다.

일주일쯤 후, 그 화가*가 그를 찾아왔다. 그것은 그의 일생에서 유독 두드러지는 사건이었다. 그는 이 화가 속에서 아무도 알지 못하는 시를 발견했다. 그뿐 아니라 자신도 모르고 있던 자신의 영혼을 발견했다.

어느 으스스한 가을날 해 질 무렵, 그는 수수 한 줄기를

* 서양화가 오아나 류이치. 아쿠타가와의 책 표지와 삽화 등을 많이 그렸다. 아쿠타가와가 둘도 없는 친구로 여겼고 자신의 죽음에 대해 처음으로 털어놓은 인물이다. 아쿠타가와는 아이들에게 보내는 유서에 그를 아버지로 여기라는 말을 남겼다.

보고 홀연히 그 화가를 떠올렸다. 키 큰 수수는 거친 잎으로 무장한 채, 가느다란 뿌리를 흙 위에 신경처럼 드러내놓고 있었다. 그것은 또한 상처받기 쉬운 그의 자화상임에 틀림없었다. 하지만 그런 발견은 그를 우울하게 할 뿐이었다.

"이제 늦었어. 그렇지만 막상 닥치면…."

23. 그녀

어느 광장 앞은 해가 저물어가고 있었다. 그는 미열이 있는 몸으로 광장을 걸어갔다. 몇몇 큰 빌딩의 창문은 희미하게 은빛으로 투명한 하늘에 전등을 반짝이고 있었다.

그는 길가에 멈춰 서서 그녀가 오기를 기다렸다. 5분쯤 뒤에 그녀는 왠지 지친 듯한 모습으로 그에게 다가왔다. 하지만 그의 얼굴을 보고 "피곤해." 하며 미소를 지었다. 그들은 어깨를 나란히 하고 어스레한 광장을 걸어갔다. 그것은 그들에게는 처음이었다. 그는 그녀와 함께 있기 위해서라면 무엇이든 포기해도 좋은 심정이었다*.

자동차에 탄 뒤, 그녀는 그의 얼굴을 가만히 바라보며 "당신은 후회 안 해?" 하고 말했다. 그는 "후회 안 해." 하

* 노노구치 도요코와 사랑의 도피를 하려고 했을 때를 회상하는 장면이다.

고 단호히 말했다. 그녀는 그의 손을 꼭 잡고 "난 후회 안 하지만." 하고 말했다. 그녀의 얼굴은 그럴 때도 달빛 속에 있는 듯했다.

24. 출산

그는 미닫이문 옆에 선 채로, 흰 수술복을 입은 산파가 갓난아기를 씻기는 것을 내려다보고 있었다. 갓난아기는 눈에 비눗물이 들어갈 때마다 연신 애처로운 얼굴을 찡그렸고 소리 높여 울어댔다. 그는 왠지 새끼 쥐를 닮은 것 같은 갓난아기의 냄새를 느끼며 이런 생각이 절절히 들었다.

'무엇 때문에 이 녀석도 태어난 걸까? 고통으로 가득한 이 세상에. 무엇 때문에 또 이 녀석은 나 같은 걸 아버지로 둔 운명을 짊어진 것일까?'

게다가 그 아이는 그의 아내가 처음으로 낳은 사내아이*였다.

25. 스트린드베리

그는 방 입구에 서서, 석류꽃이 핀 달빛 속에서 추레한

* 결혼하고 이듬해 첫아들 히로시가 태어났다.

중국인 몇 명이 마작을 하고 있는 것을 바라보고 있었다. 그리고 방으로 되돌아가, 키 작은 램프 아래서《치인의 고백》을 읽기 시작했다. 하지만 두 페이지도 읽기 전에 자기도 모르게 쓴웃음을 지었다*. — 스트린드베리 역시 자신의 정부였던 백작 부인에게 보내는 편지에서 그와 크게 다를 것 없는 거짓말을 쓰고 있었다. …

26. 고대

채색이 벗겨진 불상들, 천인(天人), 말, 연꽃은 그를 거의 압도했다. 그것들을 올려다보며 그는 모든 것을 잊었다. 미치광이 여인의 손아귀에서 벗어난 자신의 행운까지도. …

27. 스파르타식 훈련

그는 친구와 어느 뒷골목을 걷고 있었다. 그때 덮개를 내린 인력거 한 대가 건너편에서 똑바로 다가왔다. 게다가

* 신문사의 요청에 따라 중국으로 취재를 갔을 때의 일이다. 아쿠타가와는 유서에 이런 말을 남기기도 했다. "나는 중국 여행을 계기로 히데 부인의 손에서 벗어났다. (나는 낙양의 여관에서 스트린드베리의《치인의 고백》을 읽으며 그도 역시 나처럼 정부에게 거짓말을 한 것을 알고 쓴웃음을 지은 것을 기억한다.)"

거기에 타고 있는 사람은 뜻밖에도 어젯밤의 그녀*였다. 그녀의 얼굴은 이런 한낮에도 달빛 속에 있는 듯했다. 물론 그들은 그의 친구 앞에서 인사조차 나누지 않았다.

"미인이군."

그의 친구는 그렇게 말했다. 그는 골목 끝에 있는 봄 산을 바라보면서 조금도 머뭇거림 없이 대답했다.

"음, 꽤 미인이지."

28. 살인

시골길은 햇빛 속에 쇠똥 냄새를 풍기고 있었다. 그는 땀을 닦으며 나지막한 오르막길을 올라갔다. 길 양쪽으로는 무르익은 보리가 구수한 냄새를 풍기고 있었다.

"죽여라, 죽여. …"

그는 자기도 모르게 입 속으로 그런 말을 되뇌고 있었다. 누구를? ― 그 답은 그에게는 분명했다. 그는 짧게 머리를 깎은 아주 비굴한 남자**를 떠올렸다.

그때 누런 보리밭 너머로 로마 가톨릭 성당 한 채가 어느새 둥근 지붕을 드러내고 있었다. …

---

* 노노구치 도요코.

** 노노구치 도요코의 남편으로 보는 견해가 있다.

29. 형태

그것은 쇠로 된 술병이었다. 언젠가 그는 가느다란 줄무늬가 새겨진 그 술병에서 '형태'의 아름다움을 배웠다.

30. 비

그는 커다란 침대 위에서 그녀*와 이런저런 이야기를 나누고 있었다. 침실 창밖에는 비가 내리고 있었다. 문주란 꽃은 이 빗속에 어느덧 썩어가고 있는 것 같았다. 그녀의 얼굴은 여전히 달빛 속에 있는 듯했다. 하지만 그녀와 이야기하는 것이 그에게는 지루할 때도 있었다. 그는 엎드린 채 조용히 궐련에 불을 붙이고는, 그녀와 함께한 것도 벌써 7년이 되었다는 걸 떠올렸다.

'나는 이 여자를 사랑하고 있는 걸까?'

그는 자신에게 이렇게 물었다. 그리고 그의 답은 자신을 지켜보던 스스로에게도 뜻밖이었다.

'나는 아직도 사랑하고 있다.'

31. 대지진

그것은 왠지 농익은 살구 냄새와 비슷했다. 그는 불

* 노노구치 도요코.

탄 자리를 걸으면서 희미하게 그 냄새를 느끼고는, 염천에 썩은 시체의 냄새도 의외로 나쁘지 않다는 생각을 하기도 했다. 하지만 시신이 겹겹이 쌓인 연못 앞에 서서 보니, '산비(酸鼻)'라는 말도 감각적으로 결코 과장이 아니라는 것을 알았다. 특히 그의 마음을 움직인 것은 열두세 살 먹은 아이의 사체였다. 그는 그 사체를 바라보며 뭔가 부러움 비슷한 것을 느꼈다. "신들의 사랑을 받는 자는 요절한다." — 그런 말 같은 것도 떠올랐다. 그의 누나와 이복동생도 집이 다 불타버렸다. 그런데 그의 매형은 위증죄를 범했다는 이유로 집행 유예 중이었다. …

'모조리 다 죽어버렸으면 좋겠어.'

그는 불탄 자리에 우두커니 선 채, 가슴 속 깊이 그런 생각을 하지 않을 수 없었다.

32. 싸움

그는 그의 이복동생과 맞붙어 싸움을 했다. 그의 동생은 형 때문에 분명 압박을 많이 받았을 것이다. 또한 동시에 그도 동생 때문에 분명 자유를 잃었을 것이다. 친척들은 늘 그의 동생에게 "형을 본받아라"고 말했다. 그러나 그것은 그에게는 손발을 묶어버리는 것이나 다름없는 것이었다. 그들은 서로 엉겨 붙은 채 끝내는 툇마루 끝에서 넘어져 뒹굴었다. 툇마루 끝 뜰에는 백일홍이 한 그루 (그는 아직도 기억하고 있다), 비를 머금은 하늘 아래, 붉은 빛으로 반짝이는 꽃을 한껏 피우고 있었다.

33. 영웅

그는 언젠가 볼테르의 집 창문에서 높은 산을 올려다보고 있었다. 빙하가 걸린 산 위에는 독수리 그림자조차 보이지 않았다. 하지만 키 작은 러시아인* 한 명이 집요하게 산길을 오르고 있었다.

볼테르의 집에도 밤이 찾아오자, 그는 밝은 램프 아래서 이런 경향시를 쓰곤 했다. 그 산길을 오르던 러시아인의 모습을 떠올리며. …

누구보다도 십계를 지킨 너는
누구보다도 십계를 어긴 너다.

누구보다도 민중을 사랑한 너는
누구보다도 민중을 경멸한 너다.

* 러시아의 혁명가 레닌.

누구보다도 이상으로 불타올랐던 너는
누구보다도 현실을 알고 있던 너다.

너는 우리 동양이 낳은,
풀꽃 냄새가 나는 전기기관차다.

34. 색채

서른 살의 그는 어느샌가 어느 공터를 사랑하고 있었다. 그곳에는 그저 이끼가 자란 위에 벽돌이나 기와 조각 따위가 몇 개 흩어져 있을 뿐이었다. 하지만 그것은 그의 눈에는 세잔의 풍경화와 다를 게 없었다.

그는 문득 칠팔 년 전 자신의 정열이 떠올랐다. 또한 동시에 그는 칠팔 년 전에는 색채를 몰랐었다는 것을 깨달았다.

35. 어릿광대 인형

그는 언제 죽어도 후회 없는 치열한 삶을 살려고 했다. 그렇지만 여전히 양부모와 큰이모에게 말과 행동을 조심하는 생활을 이어가고 있었다. 그것은 그의 생활에 밝음과 어두움의 양면을 만들었다. 그는 어느 양복점 앞에 서 있는 어릿광대 인형을 보고, 자신이 얼마나 그것과 닮았는지 생각하기도 했다. 하지만 의식 밖의 자기 자신, 다시 말해 제2의 자신은 이미 그런 심정을 몇몇 단편에 담고 있었다.

36. 권태

그는 어느 대학생과 참억새 들판을 걷고 있었다.

"자네들은 아직도 왕성한 생활욕을 갖고 있겠지?"

"예. 그거야 선생님도…."

"나는 없네. 창작욕만큼은 있지만."

그것은 그의 진심이었다. 그는 실제로 어느샌가 생활에 흥미를 잃어버리고 있었다.

"창작욕도 생활욕이죠."

그는 아무 대답도 하지 않았다. 참억새 들판은 어느덧 붉은 이삭 위로 또렷이 활화산을 드러내기 시작했다. 그는 왠지 그 활화산을 보며 뭔가 부러움 비슷한 것을 느꼈다. 하지만 왜 그런지는 자신도 알 수 없었다. …

37. 고시(越)의 여인

그는 그와 재능을 겨룰 수 있는 여자*를 우연히 만났다. 하지만 〈고시의 여인〉** 같은 서정시를 지으며 겨우 그 위기에서 벗어났다. 그것은 왠지 나무줄기에 얼어붙어 있는 반짝이는 눈을 떼어 내는 것 같은 애절한 마음이 드는 것이었다.

바람에 휘날리는 삿갓이
어찌 길에 떨어지지 않으리
나의 이름은 아쉬울 것 없네
아쉬운 건 그대 이름뿐이어라.

38. 복수

나무 새싹에 둘러싸인 어느 호텔의 발코니였다. 그는 거기에서 그림을 그리며 한 소년과 놀고 있었다. 7년 전에 절연한 미치광이의 딸의 외아들과.

* 가타야마 히로코. 아일랜드 문학 번역가이자 시인으로 아쿠타가와보다 14살 연상의 미망인이었다. 두 사람은 가루이자와에서 처음 만나 서로에게 끌렸다. 아쿠타가와는 "연애 감정이 없었던 것은 아니다. 그러나 나는 〈고시의 여인〉 같은 서정시를 지으며 깊이 빠져들기 전에 그 감정에서 빠져나왔다."라는 말을 유서에 남겼다.

** 아쿠타가와가 고시(지금의 호쿠리쿠 지역)에 있는 히로코를 생각하며 지은 시.

미치광이의 딸은 궐련에 불을 붙이고 그들이 노는 모습을 바라보고 있었다. 그는 무거운 마음으로 기차나 비행기를 계속 그렸다. 소년은 다행히도 그의 자식은 아니었다. 하지만 그를 '아저씨'라고 부르는 것이 그에게는 무엇보다 괴로웠다.

소년이 어디론가 가자, 미치광이의 딸은 궐련을 피우며 교태를 떨듯이 그에게 말을 걸었다.

"저 아이, 당신을 닮지 않았나요?"

"닮지 않았습니다. 일단…."

"하지만 태교라는 것도 있죠."

그는 말없이 눈길을 돌렸다. 하지만 그의 마음속에는 그런 그녀의 목을 졸라 죽이고 싶은 잔혹한 욕망까지 일었다*. …

39. 거울

그는 어느 카페 한구석에서 그의 친구와 이야기를 나누고 있었다. 친구는 구운 사과를 먹으며 그즈음의 추운 날씨에 대해 이야기를 했다. 그는 그런 이야기 속에서 갑자

* 중국 여행 이후 절연한 히데 시게코가 몇 년 후 아이와 함께 나타나 그 아이가 아쿠타가와의 아들이라고 했고, 이 일로 아쿠타가와는 크게 충격을 받고 괴로워했다.

기 모순을 느끼기 시작했다.

"자네 아직 독신이지?"

"아니, 다음 달에 결혼해."

그는 자기도 모르게 입을 닫아버렸다. 카페의 벽에 붙어 있는 거울은 무수한 그 자신을 비추고 있었다. 차갑게, 왠지 위협하는 듯이. …

40. 문답

왜 너는 현대의 사회제도를 공격하는가?

자본주의가 낳은 악을 보았으니까.

악을? 나는 네가 선악의 차이를 인정하지 않는다고 생각하고 있었다. 그럼 너의 생활은?

— 그는 그렇게 천사와 묻고 대답했다. 물론 누구에게도 부끄러운 것이 없는 실크 모자를 쓴 천사와. …

41. 병

그는 불면증에 시달리기 시작했다. 그뿐 아니라 체력도 쇠약해지기 시작했다. 몇몇 의사는 그의 병에 대해 두세 가지의 진단을 내렸다. — 위산과다, 위무력증, 건성늑막염, 신경쇠약, 만성결막염, 두뇌 피로, …

그러나 그는 자신의 병의 원인을 알고 있었다. 그것은

자기 자신을 부끄러워하는 동시에 그들을 두려워하는 마음이었다. 그들을 — 그가 경멸하고 있던 사회를!

눈구름으로 흐려진 어느 오후, 그는 어느 카페 한구석에서 불을 붙인 궐련을 입에 문 채, 건너편 축음기에서 흘러나오는 음악에 귀를 기울이고 있었다. 그것은 그의 마음에 묘하게 스며드는 음악이었다. 그는 그 음악이 끝나기를 기다렸다가 축음기 앞으로 걸어가 레코드의 라벨을 살펴보았다.

Magic Flute — Mozart

그는 그 순간 깨달았다. 십계를 어긴 모차르트 역시 고통스러워했던 것이 분명했다. 하지만 도저히 그처럼은, …

그는 고개를 숙인 채 조용히 테이블로 돌아갔다.

42. 신들의 웃음소리

서른다섯의 그는 봄 햇살이 비친 소나무 숲속을 걷고 있었다. 이삼 년 전에 자신이 썼던 "신들은 불행히도 우리처럼 자살할 수 없다."라는 말을 떠올리며. …

43. 밤

밤은 또다시 찾아왔다. 거친 바다는 어스름 속에서 끝없이 물보라를 일으켰다. 그는 그런 하늘 아래서 아내와 두 번째 결혼을 했다. 그것은 그들에게는 기쁨이었지만, 또한 동시에 괴로움이기도 했다. 세 명의 아이는 그들과 함께 바다 멀리 번개를 바라보고 있었다. 그의 아내는 아이 하나를 안고 눈물을 참고 있는 것 같았다.

"저기 배가 하나 보이지?"

"네."

"돛대가 둘로 쪼개진 배가."

44. 죽음

그는 혼자 자게 된 것을 다행으로 여기고, 창살에 끈을 걸어 목을 매서 죽으려고 했다. 그런데 끈에 목을 넣어보니 갑자기 죽음이 두려워졌다. 죽는 순간의 고통 때문에 두려워한 건 결코 아니었다. 그는 이번에는 회중시계를 들고, 시험 삼아 목을 매고 죽는 시간을 재어보기로 했다. 그러자 조금 고통스럽다가 모든 것이 희미해지기 시작했다. 그 순간을 한번 넘기만 하면 죽음으로 들어갈 것이 분명했다. 시곗바늘을 지켜보며, 고통을 느낀 시간은 일 분 이십몇 초였다는 것을 알았다. 창살 밖은 어두컴컴했다. 하지만 그 어둠 속에서 거친 닭 울음소리도 들려왔다.

45. 서동시집

서동시집*은 다시 한 번 그의 마음에 새로운 힘을 주었다. 그것은 그가 모르고 있던 '동양적인 괴테'였다. 모든 선악의 저편에서 유유히 서 있는 괴테를 보며 그는 절망에 가까운 부러움을 느꼈다. 시인 괴테는 그의 눈에는 시인 그리스도보다 더 위대했다. 이 시인의 마음에는 아크로폴리스와 골고다뿐만 아니라 아라비아의 장미꽃까지도 피어 있었다. 만약 이 시인의 발자취를 뒤따를 힘이 조금이나마 있다면, — 그는 서동시집을 다 읽고 두려운 감동이 가라앉은 후에, 생활적 환관(宦官)으로 태어난 자기 자신을 가슴 속 깊이 경멸하지 않을 수 없었다.

46. 거짓말

그의 매형의 자살**은 그를 순식간에 무너뜨렸다. 그는 이제 누나의 집안까지 보살펴야 했다. 그의 장래는 적어도 그에게는 해질녘처럼 어두웠다. 자신의 정신적 파산에 그는 냉소에 가까운 것을 느끼며 (그는 자신의 악덕과 약점은 하나도 남김없이 알고 있었다) 변함없이 여러 책들

* 괴테가 1818년에 발표한 만년의 시집(West-östlicher Divan).

** 아쿠타가와의 매형은 집에 불이 나기 직전에 화재보험을 들었는데, 방화 혐의를 받게 되자 철로에 뛰어들었다. 단편 〈톱니바퀴〉에도 매형의 자살이 등장한다.

을 계속 읽어나갔다. 하지만 루소의 참회록조차 영웅적인 거짓으로 가득했다. 특히 《신생》*에 이르자, 《신생》의 주인공만큼 노회한 위선자는 만난 적이 없었다. 그렇지만 프랑수아 비용만큼은 그의 마음속에 깊이 스며들었다. 그는 몇 편의 시에서 '아름다운 수컷'을 발견했다.

교수형을 기다리고 있는 비용의 모습은 그의 꿈속에도 나타나곤 했다. 그는 몇 번이나 비용처럼 인생의 밑바닥으로 떨어지려고 했다. 하지만 그의 형편이나 육체적 에너지는 그것을 허락하지 않았다. 그는 점점 쇠약해져 갔다. 그 옛날 스위프트가 보았던, 우듬지부터 말라가는 나무처럼.

…

47. 불장난

그녀**는 빛나는 얼굴을 하고 있었다. 그것은 마치 아침 햇살이 살얼음 위에 비치는 듯했다. 그는 그녀에게 호

---

* 시마자키 도손의 자전적 장편 소설. 아내와 사별한 시마자키는 집안일을 도와주던 조카와 부정한 관계를 맺었는데, 《신생》은 그 일에 대한 자전적 고백이 담긴 작품이다.

** 히라마쓰 마스코. 아내 후미의 친구이자 아쿠타가와의 일을 도와준 여자로, 연인 관계는 아니었다. 두 사람은 동반 자살을 계획했지만 마스코가 후미에게 털어놓는 바람에 미수에 그치고 말았다.

의를 가지고 있었다. 하지만 연애 감정은 없었다. 그뿐 아니라 그녀의 몸에는 손 하나 대지 않았다.

"죽고 싶어 하신다고요?"

"예. — 아니, 죽고 싶다기보다는 사는 게 질렸습니다."

그들은 그런 이야기를 하며 함께 죽기로 약속했다.

"플라토닉 수어사이드."

"플라토닉 더블 수어사이드."

그는 자신의 마음이 차분해진 걸 이상하게 여기지 않을 수 없었다.

48. 죽음

그는 그녀*와 함께 죽지 않았다. 다만 아직 그녀의 몸에 손 하나 대지 않은 것이 그에게는 왠지 만족스러웠다. 그녀는 아무 일도 없었다는 듯이 때때로 그와 이야기하곤 했다. 그뿐 아니라 자기가 가지고 있던 청산가리 한 병을 그에게 주면서 "이것만 있으면 서로 든든하겠지요."라고도 했다.

그것은 실제로 그의 마음을 단단하게 해주었음에 틀림없었다. 그는 홀로 등나무 의자에 앉아 참나무 어린잎을

---

* 히라마쓰 마스코.

바라보며, 종종 죽음이 가져다줄 평화를 생각하지 않을 수 없었다.

49. 박제된 백조

그는 마지막 힘을 다해 자서전을 써보려고 했다. 하지만 의외로 쉽지 않았다. 그에게는 자존심과 회의주의, 이해타산이 아직도 남아 있었기 때문이다. 그는 그런 자신을 경멸하지 않을 수 없었다. 하지만 다른 한편으로는 '누구나 한 꺼풀 벗겨보면 다 똑같은 인간'이라고 생각할 수밖에 없었다.

《시와 진실》*이라는 책의 제목은 그에게는 모든 자서전의 제목인 것 같이 여겨졌다. 그뿐 아니라 모든 사람이 문학 작품에 마음이 움직이지는 않는다는 것을 그는 분명히 알고 있었다. 그의 작품이 호소하는 대상은 그와 비슷한 생애를 보낸 사람들, 또는 그와 가까운 사람들 말고는 없었다. 이런 생각도 그에게 영향을 미쳤다. 그는 그래서 자신만의《시와 진실》을 짧게 써보기로 했다.

그는 〈어느 바보의 일생〉을 다 쓴 후, 우연히 어느 골동품상에서 박제된 백조가 서 있는 것을 보았다. 그것은 고

* 괴테의 자서전.

개를 들고 서 있기는 했지만, 누렇게 변한 깃털까지 좀이 슬어 있었다.

그는 자신의 일생을 생각하자, 눈물과 냉소가 북받쳐 오르는 것을 느꼈다. 그의 앞에 있는 것은 오직 발광 아니면 자살뿐이었다. 그는 해질녘의 거리를 홀로 걸으며, 서서히 그를 멸하러 다가오는 운명을 기다리기로 결심했다.

50. 포로

그의 친구* 중 한 명이 미쳐버렸다. 그는 이 친구에게 늘 어떤 친밀감을 느꼈다. 그는 이 친구의 고독—경쾌한 가면 아래에 감춰진 고독을 남들보다 곱절은 더 절실하게 이해했기 때문이다. 이 친구가 미쳐버린 후, 그는 두세 번 친구를 찾아갔다.

"자네나 나나 악귀에 씌었네. 세기말의 악귀라는 놈에게 말이야."

친구는 낮은 목소리로 이런 말을 그에게 하기도 했는데, 그로부터 이삼일 후에는 어느 온천으로 가는 길에 장

---

* 소설가 우노 고지. 발광에 대한 강박에 늘 시달리던 아쿠타가와는 친구 우노의 발광에 큰 충격을 받는다. 우노가 아쿠타가와를 비롯한 친구들의 배려로 병원에 입원한 사이에 아쿠타가와는 음독자살했다.

미꽃까지 먹어버렸다고 한다. 그는 그 친구가 입원한 후, 언젠가 그에게 선물한 테라코타 반신상을 떠올렸다. 그 친구가 사랑한《검찰관》을 쓴 작가의 반신상이었다. 그는 고골리 역시 미쳐서 죽은 것을 떠올리며, 뭔가 그들을 지배하고 있는 힘을 느끼지 않을 수 없었다.

그는 지칠 대로 지친 끝에, 우연히 라디게가 말한 임종의 말을 읽고는 또 한 번 신들의 웃음소리를 느꼈다. 그것은 "신의 병사들이 나를 잡으러 오는구나."라는 말*이었다. 그는 자신의 미신, 자신의 감상주의와 싸우려고 했다. 그러나 어떤 싸움도 그에게는 육체적으로 불가능했다. '세기말의 악귀'가 실제로 그를 괴롭히고 있음에 틀림없었다. 그는 신에게 의지했던 중세인들이 부러웠다. 하지만 신을 믿는 것, 신의 사랑을 믿는 것은 그로서는 도저히 할 수가 없었다. 저 장 콕토마저도 믿었던 신을!

51. 패배

그는 펜을 쥐고 있는 손도 떨리기 시작했다. 뿐만 아니라 침까지 흘리기 시작했다. 그의 머리는 0.8그램의 베로

* 스무 살에 요절한 소설가 라디게는 사망 직전 연인인 장 콕토에게 "난 사흘 후에 신의 병사에게 총살을 당할 거야"라는 말을 남겼다고 한다.

날을 먹고 잠이 깰 때 외에는 한 번도 맑은 적이 없었다. 게다가 그렇게 정신이 맑은 것도 고작 반 시간이나 한 시간뿐이었다. 그는 그저 어두컴컴한 속에서 그날그날 생활을 이어가고 있었다. 말하자면, 날이 깨진 가느다란 검을 지팡이로 삼으며.

자네는 자연의 아름다움을 사랑하면서도
죽으려고 하는 나의 모순을 보고 웃을 테지.
하지만 자연이 아름다운 건
나의 마지막 눈에 비치기 때문이네.

어느 옛 친구에게 보내는 수기

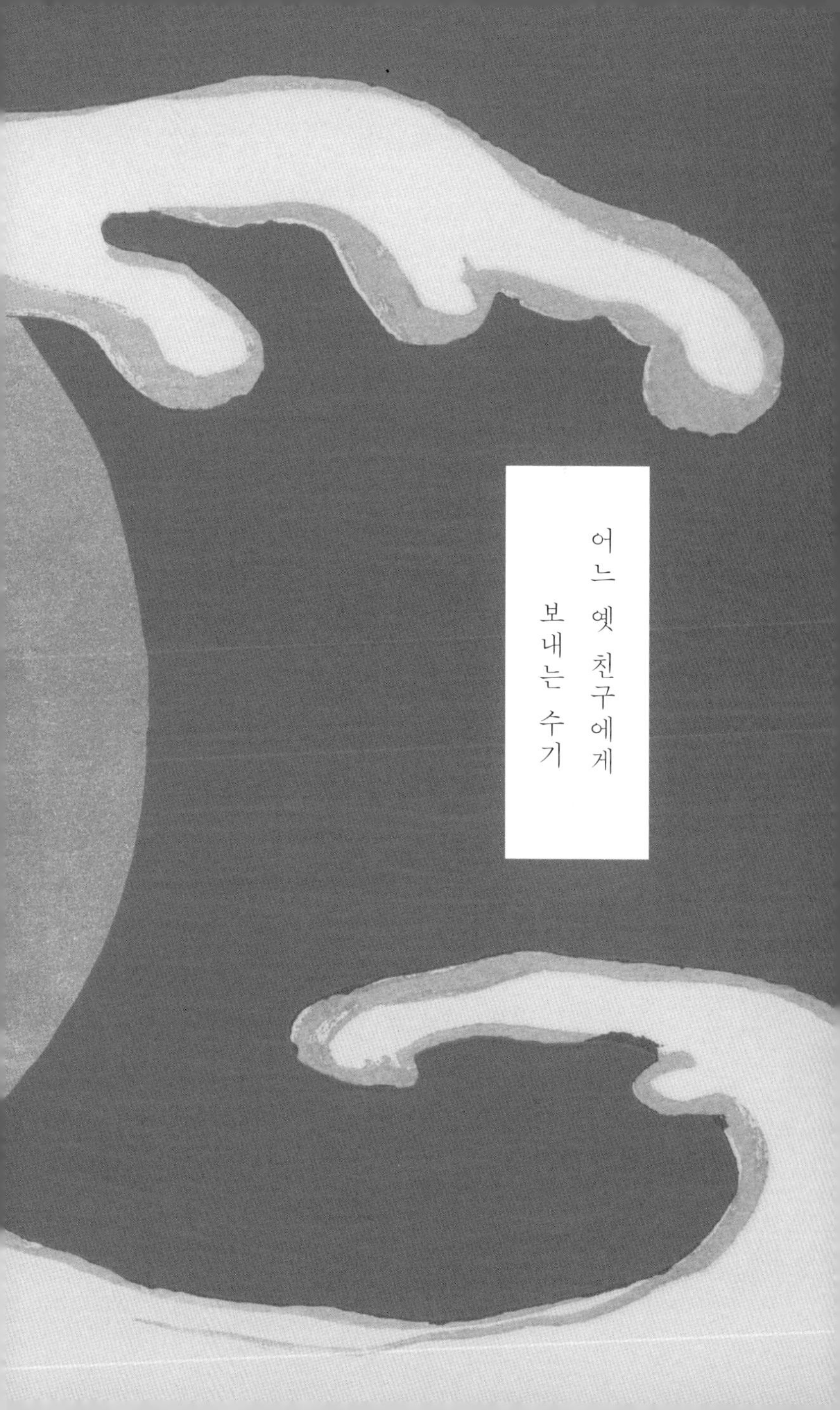

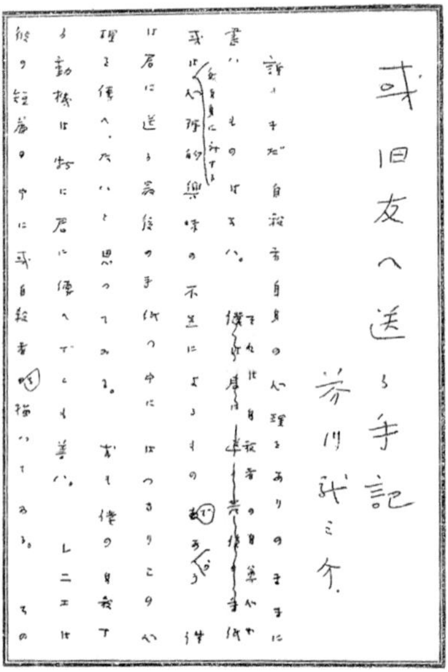
或旧友へ送る手記

芥川龍之介

誰もまだ自殺者自身の心理をありのままに書いたものはない。それは自殺者の自尊心や或は彼自身に対する心理的興味の不足によるものであらう。僕は君に送る最後の手紙の中にはっきりこの心理を伝へたいと思ってゐる。尤も僕の自殺する動機は特に君に伝へずとも善い。レニエは彼の短篇の中に或自殺者を描いてゐる。その

〈어느 옛 친구에게 보내는 수기〉 자필 원고

자살자 자신의 심리를 있는 그대로 쓴 사람은 아직 아무도 없네. 그것은 자살자의 자존심 때문이거나 또는 자신에 대한 심리적 흥미가 부족해서일 것이네. 나는 자네* 에게 보내는 이 마지막 편지에서 그 심리를 분명하게 전하고 싶네. 다만 나의 자살 동기는 딱히 자네에게 전해지지 않는다고 해도 상관없을 것 같네. 레니에는 그의 단편에서 어느 자살자를 그리고 있네. 이 단편의 주인공은 자신이 무엇 때문에 자살하는지 자기도 모르네. 자네는 신문의 삼면기사 같은 데서 생활고나 질병, 혹은 정신적 고통 따위의 다양한 자살의 동기를 발견할 수 있을 것이네. 그러나 내 경험에 의하면, 그것은 동기의 전부가 되지 못할 뿐만 아니라, 대개는 동기에 이르는 과정을 가리키는 것일 뿐이네. 자살자는 대개 레니에가 그린 것처럼 자신이 무엇 때문에 자살하는지 잘 모르네. 자살은 우리의 다른 행위들처럼 복잡한 동기를 내포하고 있네. 하지만 적어도 나의 경우는 그저 막연한 불안이네. 뭔가, 나의 미래에 대한 그저 막연한 불안이네. 어쩌면 자네는 내 말을 믿지 못할지도 모르지. 하지만 지난 10년간의 내 경험은, 나와 비슷한 사람이 나와 비슷한 처지에 있지 않은 한, 내가 하는

* 고등학교 시절부터 사귄 오랜 친구 구메 마사오.

말은 바람 속의 노래처럼 흩어져버린다는 것을 가르쳐주었네. 그렇기 때문에 나는 자네를 탓하지 않네. …

지난 2년 동안 나는 오로지 죽는 것만 생각했네. 내가 절실한 심정으로 마인랜더*를 읽은 것도 그 시기였어. 마인랜더는 죽음으로 향하는 과정을 추상적인 말로 능숙하게 그리고 있지만, 나는 좀 더 구체적으로 그것을 그리고 싶네. 가족들에 대한 동정 같은 건 이런 욕망 앞에서는 아무것도 아니네. 이것 역시 자네에게는 'inhuman'한 말로 들릴 테지. 하지만 비인간적이라고 한다면, 나는 한편으로는 비인간적이네.

나는 뭐든지 정직하게 써야 할 의무가 있네. (나는 나의 미래에 대한 막연한 불안도 해부했네. 그것에 대해서는 〈어느 바보의 일생〉에서 대충 다 말했다고 생각하네. 다만 나는 나에 대한 사회적 조건, 즉 내 위에 그림자를 드리운 봉건시대의 것들만큼은 일부러 거기에도 쓰지 않았네. 왜 일부러 쓰지 않았느냐 하면, 우리 인간은 오늘날에도 어느 정도 봉건시대의 그림자 속에 있기 때문이네. 나는 거기에 있는 무대 이외에 배경과 조명 그리고 등장인물이—

* 독일의 시인, 철학자. 쇼펜하우어의 염세주의에 영향을 받아 인생은 무가치한 것이라고 말했다. 만년에 아쿠타가와가 영향을 받은 작가로, 〈갓파〉에도 등장한다.

대개는 내가 했던 연기를 쓰려고 했네. 게다가 사회적 조건 같은 것은 그 사회적 조건 속에 있는 나 자신조차 분명히 알 수 있을지 의심할 수밖에 없네.)

내가 가장 먼저 생각한 것은 어떻게 하면 고통 없이 죽을 수 있을까 하는 것이었네. 물론 목을 매어 죽는 것은 이 목적에 가장 부합하는 수단이네. 하지만 나는 목을 맨 채 죽어 있는 내 모습을 상상하고는, 분에 넘치게도 미적 혐오감을 느꼈네. (나는 어떤 여인을 사랑했을 때도 그녀의 글씨가 서투르다는 이유로 갑자기 사랑이 식었던 것을 기억하네.) 물에 빠져 죽는 것 역시 헤엄을 칠 수 있는 나로서는 결코 목적을 달성할 수 없네. 게다가 만에 하나 성공한다 하더라도, 목을 매는 것보다 더 고통스러울 것이네. 차에 치여 죽는 것 또한 내게는 무엇보다 먼저 미적 혐오를 주는 것이네. 권총이나 칼을 이용해 죽는 것은 손이 떨려 실패할 가능성이 있네. 빌딩에서 뛰어내리는 것 역시 보기 흉할 게 틀림없네. 나는 이런 사정으로 약을 사용해 죽기로 했네. 약을 사용해 죽는 것은 목을 매는 것보다 더 괴롭겠지. 하지만 목을 매는 것보다는 미적 혐오가 덜할 테고, 다시 살아날 위험이 없다는 장점이 있네. 다만 약을 구하는 것이 내게는 쉬운 일이 아니었네. 나는 자살을 결심한 후로 온갖 기회를 이용해 약을 손에 넣으려고 했네. 또한 동시에 독물학의 지식을 얻으려고 했네.

그러고 나서 내가 생각한 것은 자살할 장소였네. 나의 가족들은 내가 죽고 나면 내 유산에 의지할 수밖에 없네. 내 유산은 백 평의 땅과 집, 저작권, 그리고 저금 2천 엔뿐이네. 나는 나의 자살 때문에 집이 팔리지 않을 것을 걱정했네. 그래서 별장 하나라도 가진 부르주아들이 부러웠네. 자네는 이런 내 말이 우습게 느껴지겠지. 나 역시 지금은 이런 내 말이 우습게 느껴지네. 그렇지만 이런 생각을 했을 때는 정말 진심으로 마음이 불편했네. 이 불편한 마음은 도저히 피할 수가 없네. 나는 다만 가족들 외에는 가능한 한 시신을 볼 수 없게 죽고 싶다고 생각하고 있네.

그러나 나는 수단을 정하고 나서도 반쯤은 삶에 집착하고 있었네. 그래서 죽음으로 뛰어들기 위한 스프링보드가 필요했네. (나는 서양인들처럼 자살을 죄악으로 생각하지는 않네. 붓다는 실제로 아함경에서 제자의 자살을 긍정하고 있네. 그럼에도 불구하고 곡학아세하는 무리들은 '어쩔 수 없는' 경우 외에는 자살은 안 된다고 할 테지. 하지만 어쩔 수 없는' 경우란, 뻔히 알고도 더 비참하게 죽을 수밖에 없는 아주 예외적일 때만을 말하는 것은 아니네. 누구나 자살은 그 자신으로서는 '어쩔 수 없는 경우' 에만 하는 것이네. 그 이전에 결연히 자살하려는 자는 오히려 용기가 넘쳐야만 하네.) 클라이스트는 자살하기 전에 자신의 친구에게 여행의 동반자가 되어달라고 했지. 또한 라신도 몰리에르와 브왈로와 함께 센강에 투신하려 했고. 하지만 나는 불행히도 그런 친구들이 없네. 다만 내가 아는 어느 여인이 나와 함께 죽으려고 했네. 그러나 그것은 결국 실현할 수 없는 논의가 되고 말았네. 그러는 동안에 나는 스프링보드 없이도 죽을 수 있겠다는 자신감이 생겼네. 그것은 함께 죽을 사람이 아무도 없다는 사실에 절망했기 때문이 아니네. 오히려 나는 점점 더 감상적이 되어, 비록 사별하더라도 아내를 위로하고 싶었기 때문이네. 또한 동시에 혼자가 둘보다 자살하기 더 쉽다는 걸 알았기 때문이네. 거기에는 또, 자살할 때를 자유롭게 선택할 수 있는 편의도 분명 있었을 테지.

마지막으로 내가 궁리한 것은 가족들이 눈치채지 못하도록 치밀하게 자살하는 것이네. 이것은 몇 달을 준비하고 나니 어쨌든 어느 정도 자신이 생겼네. (그 세부적인 내용은 나에게 호의를 가지고 있는 사람들을 위해 쓸 수가 없네. 물론 여기에 쓴다고 해도, 법률상 자살방조죄〔자살방조죄처럼 우스꽝스러운 죄명은 없네. 만약 이 법률을 적용한다면, 범죄인의 수가 얼마나 늘어나겠는가. 또, 약국이나 총포점 또는 면도칼 상점은 아무리 '나는 몰랐다'

고 주장하더라도, 우리의 말이나 표정에 우리의 의지가 드러나는 한, 자살방조죄의 혐의를 어느 정도는 받게 될 것이네. 뿐만 아니라 사회와 법률은 그 자체가 자살방조죄를 구성하고 있네. 그리고 이런 범죄인들은 대부분 다정한 마음을 가지고 있네.)를 구성하지는 않을 것이 분명하네.) 나는 냉정하게 모든 준비를 마치고, 지금은 그저 죽음과 놀고 있다네. 앞으로의 내 심정은 대체로 마인랜더가 했던 말과 비슷할 것이네.

우리 인간은 인간이라는 짐승이기 때문에 동물적으로 죽음을 두려워하네. 소위 생활력이라고 하는 건 사실 동물력의 또 다른 이름일 뿐이네. 나 역시 한 마리의 인간이라는 짐승이네. 하지만 이제 식욕도 색욕도 싫증 난 걸 보면, 점점 동물력을 잃어가고 있는 것 같네. 내가 지금 살고 있는 곳은 얼음처럼 투명한, 병적인 신경의 세계이네. 나는 어젯밤에 어느 매춘부와 그녀의 임금(!)에 대한 이야기를 나누다가, '살기 위해 살아 있는' 우리 인간의 애처로움을 절절히 느꼈네. 만약 스스로 받아들이고 영원히 잠들 수만 있다면 우리 자신을 위해, 행복까지는 아닐지라도 평화로울 것임에 틀림없네. 그렇지만 내가 언제 결연히 죽을 수 있을지는 의문이네. 다만 자연은 이런 나에게 그 어느 때보다 더 아름답네. 자네는 자연의 아름다움을 사랑하면서도 죽으려고 하는 나의 모순을 보고 웃을 테지. 하지만 자연이 아름다운 건 나의 마지막 눈에 비치기 때문이네. 나는 남들보다 더 많이 보고, 더 많이 사랑하고, 더 많이 이해했네. 그것만큼은, 괴로움이 쌓여가는 동안에도 어느 정도는 내게 만족을 주었네.

부디 이 편지는 내가 죽은 뒤에도 몇 년 동안은 공표하지 말아 주길 바라네. 혹여 병사인 것처럼 자살할지도 모르니까 말이네.

부기.

나는 엠페도클레스의 전기를 읽고, 스스로 신이 되고 싶은 욕망이 얼마나 오래된 것인지를 느꼈네. 나의 이 수기는 내가 의식하는 한, 스스로를 신으로 여기는 것이 아니네. 아니, 스스로를 한 사람의 미천한 인간으로 여기고 있네. 자네는 보리수나무 밑에서 우리가 '에트나 산의 엠페도클레스'에 대해 이야기했던 20년 전의 일을 기억하고 있겠지. 그 시절의 나는 스스로 신이 되고 싶었던 한 사람이었네.

편지

1911년 날짜 미상
야마모토 기요시*에게

빗속을 열한 시까지 혼자 돌아다녔어. 네 집 앞도 두 번이나 지나갔지. 왠지 모르게 초조해져, 이 초조한 마음을 너한테 알리고 싶어. 너 말고는 들어줄 사람이 없을 것 같아.

내 앞에 커다란 함정이 있고, 내가 가는 길이 그 함정에 떨어질 수밖에 없는 길이라면, 어떻게 해야 할까? 힘이 쭉 빠지지 않을까? 병든 몸으로 술만 퍼마시는 오지로의 심정이 되어보니 나도 내가 참 딱하다는 생각이 들어. 나도 오지로처럼 불쌍한 인간이 아닐까.

미하일 레르몬토프는 "나에게는 영혼이 두 개 있다. 하나는 늘 움직이고 있고, 또 하나는 그 움직임을 관찰하고 비평한다."라고 했어. 나한테도 두 개의 '나'가 있는 것 같아 견딜 수가 없어. 하나의 나는 또 하나의 나를 끊임없이

* 아쿠타가와의 중학생 시절 친구.

냉소하고 모욕해. 나는 기개가 없는 무가치한 인간이야. 《보르크만》도 읽고 《인형의 집》도 읽었는데 왜 나 자신의 삶을 살지 못하느냐고 하겠지. 하지만 난 도저히 그렇게 차분하게 있을 수가 없어. 나는 취해 있는 동시에 끊임없이 깨어 있어. 나는 얽매여 있는 동시에 늘 해방되어 있어. 또, 밀려오는 생욕과 성욕의 요구에 한순간도 공허를 느끼지 않은 적이 없어. 마치 내 반대편에 있는 무언가가 늘 동시에 나를 반대 방향으로 움직이려고 하는 것 같은 기분이 들어. 난 나 자신이 총명하다고 믿지만, 그 총명함은 저주받은 총명함이야. 나는 총명함을 바라면서도 총명함 때문에 괴로워. 서로 싸우는 이 커다란 두 힘 중에 어느 하나가 없어져 버리면 좋겠어. 그렇지 않으면 늘 불안해. 난 이렇게까지 마음이 약해질 만큼 기개가 없는 인간이야.

넌 웃을지도 모르지만, 웃어도 상관없어. 난 진심으로 그렇게 생각하니까. 아무리 시간이 흘러도 나는 외톨이일 거라는 생각이 들어. 외로운 순례와도 같은 슬픔이 북받쳐 올라. 다만 조금은 나와 같은 감정을 가진 너에게 의지할 뿐이야. 네가 없으면 난 어떻게 해야 할지 모를 거야. 언젠가는 너와 헤어질 날이 오지 않을까 생각하면, 이유도 없이 사는 게 시시해지고, 내버려진 것 같은 기분마저 들어. 뭘 하든 마찬가지야. 결국은 똑같은 운명이 다가올 것이고, 누구든 똑같은 운명을 맞이할 수밖에 없으니까.

도대체 무엇을 위해 살고 있는 건지 모르겠어. 신도 내게서 점점 희미해져 가. 종족을 위한 생존, 자손을 만들기 위한 생존, 그것이 진리인지도 모르겠다는 생각까지 들어. 외적 생활의 결함을 채워줄 환락이 이 괴로움을 잊게 해줄지도 모르지. 하지만 공허한 느낌은 아무리 해도 없애지 못할 거야. '종족을 위한 생존', 슬픈 울림이 전해지는 것 같지 않아?

결국 다다를 곳은 죽음이겠지. 하지만 난 아무리 생각해도 아직은 어떻게든 될 것 같은 기분이 들어. 죽지 않아도 될 것 같은 기분이 들어. 비겁하다, 미련이 있다, 나는 죽을 이유도 없이 죽을 수는 없다, 가족이라는 중압감은 오히려 비겁함을 더할 뿐이다, 몇 번이나 일기장에 '죽음'이라는 글자를 써넣었는지 몰라. 그러고 보니 이 일기 쓰기도 요즘은 그만두었어. 지난 몇 년간의 일기는 전부 거짓말뿐이야. 그저 나중에 읽을 때의 재미를 위해서라면 일기 같은 건 쓸 필요가 없어. 왜 그런 바보같은 것을 과장해가며 일기 따위에 썼을까. 어떻게 해야 할지 모르겠어. 그저 쓴웃음을 지으며 살아갈 뿐이야. 그리고 언젠가 나이가 들면 죽게 되겠지. 죽지 않는다 해도 지금의 생각과는 전혀 다른 생각을 품고 살아가겠지. 어차피 '망각'의 슬픔이 언젠가 나를 덮어버릴 테니까.

미치광이의 말 같은 글을 길게도 썼네. 하지만 정말로 난 이런 생각을 끊임없이 하고 있어. 편지를 다시 읽으면 너한테 보여주기 싫을지도 모르니까 그냥 바로 부칠게. 오탈자가 있더라도 알아서 읽어주길 바랄게. 시험 잘 보길 빌어.

1913년 8월 11일

야마모토 기요시에게

나는 결혼이 '두 존재의 추한 결합'이라고도, '사랑의 사체'라고도 생각하지 않아. 이러한 말들이 보편적인 의미를 갖는 것이 아니라, 흔히 사람들이 결혼을 조롱할 때처럼 쓰이는 것이라면 동의하지 못할 것도 없겠지만, 결혼이라는 것이 그 성질상 필연적으로 그런 말과 같은 결과에 이를 수밖에 없다는 건 도저히 믿을 수 없어.

나는 결혼으로 우리의 삶이 완성을 이룬다고 생각해. 그러나 여기서 말하는 결혼이 세상에서 말하는, 한 쌍의 남녀를 맺어주는 형식이라고 생각한다면 큰 착각이야.

결혼이란 우주에 존재하는 두 실재가 하나가 되는 거야. 태초의 신의 불꽃과도 같은 열기와 사랑으로, 두 개의 별자리가 하나의 빛줄기 속에서 합쳐지는 것이야. 두 실재가 하나를 이루기 위해서는 먼저 그 둘 사이에 사랑이 있어야만 해 (나는 성욕과 사랑이 같다고는 생각하지 않아). 그다음엔 둘 사이에 원만한 이해가 있어야 해. 이 두

가지가 없는 결혼이란 이를테면 포도도 효모도 없이 포도주를 빚는 것으로, 생활의 술은 절대 그런 식으로는 빚어지지 않아.

내가 타인 안에 살고, 또 타인이 내 안에 사는 적막한 '인생길'은 그렇게 해서 비로소 장미와 백합으로 둘러싸이게 되는 게 아닐까.

내가 너에게 말해줄 수 있는 게 있다면, 첫째는 세상 사람이 흔히 말하듯이 사랑하지 않는 사람과는 결혼하지 말라는 것이야. 둘째는 나를 이해해줄 수 없는 사람과는 결혼하지 말라고 말하고 싶어. 이해해줄 수 있는지 없는지는 교육의 정도를 말하는 게 아니야. 머리가 좋은지 나쁜지를 말하는 것도 아니야. 말하자면 그 사람이 내 마음과 같은 방향을 향하고 있는지 아닌지, 나와 같은 감정을 가질 수 있는지 없는지에 달려 있다고 생각해.

다시 읽어보니 너무 인습적인 데다가 내가 실제로 결혼이란 걸 이렇게 높이 평가했었나 하고 의아한 생각도 드는군. 어차피 게으름뱅이가 게으름피우며 생각한 것이니까 그렇게 읽어줬으면 좋겠어. 여하튼 소문에 의하면, 나는 남에게 나쁜 영향을 주면서도 모르는 척 시치미를 떼며 지켜보고 있다고 하더군. 또 내가 하는 말은 죄다 궤변이고 역설이며 논리를 무시한 것이라고도 하더군. 만약 그렇다면 너도 이런 편지에 영향을 받지는 마.

나는 언젠가 일기에 이렇게 쓴 적이 있어.

"나는 나와 똑같이 만들어진 사람을 찾는다. 그런 사람이 있는지 없는지 나는 알지 못한다. 하지만 왠지 이 세상 어딘가에 그런 사람이 있어 나를 기다리고 있는 것만 같은 기분이 든다. 이 역시 꿈일지도 모르지만, 그런 사람이 없다면 나는 도저히 이 삶을 견뎌낼 수가 없다."

한 사람이라도 좋아. 단 한 사람이라도 좋아. 나이가 많든 적든, 남자든 여자든 상관없어. 나는 어떻게 해야 할지 모를 만큼 외로워. 나는 언제까지나 영원히 외로워.

1914년 3월 19일

쓰네토 교에게

우리 집 이층에서 보니 건초 더미 아래에 벌써 풀이 파랗게 한 줄로 돋아나 있어. 느티나무 가지 끝에도 벌써 붉은 싹이 솟아났어. 봄의 숨결이 만물을 감싸기 시작한 것 같아. 비에 젖은 땅에서 움트는 풀포기처럼, 마음속의 따뜻함에서 어렴풋이 피어오르는 '연기' 같은 것들에게, 할 수만 있다면 형태를 만들어주고 싶어. 나는 요즘 읽고 있는 차라투스트라의 알레고리에 무한한 흥미를 느끼고 있는 중이야.

가끔 내 모든 사상과 감정은 전부 옛날 어느 누군가가 다 말해버린 것 같은 기분이 들어. 다 말해버렸다기보다는 누군가의 사상과 감정을 나도 모르게 내 것인 양 생각하는 거겠지. 정말로 내 것이라고 말할 수 있는 사상과 감정이 얼마나 있을까. 그런 생각을 하면 마음이 허전해. 아마 독창성이 있는 사람이라면 이런 허전함은 모르겠지.

나는 가끔 내가 생각한 것이 하나도 이루어진 게 없는

것 같아. 아무리 뭘 하려고 생각해도 '우연'이라는 게 훨씬 더 큰 힘으로 나를 밖으로 끌고 가버려. 나 자신의 의지에 얼마만큼의 힘이 있는지 의심스러워. 손발을 움직이는 건 당연히 내 의지이지만, 내 의지 위의 의지가 내 의지에 작용하는 이상, 내 의지는 '의지'라는 이름을 붙일 수도 없을 만큼 약해져. 게다가 내 의지 위의 의지는 국가나 사회의 의지 같은 것보다 더 커다란 의지인 것 같은 느낌이 들어. 왜냐하면 국가나 사회의 의지를 최고의 의지라고 한다면, 그것에 제한을 가할 이유를 찾을 수 없을 것이기 때문이야. 어쩌면 자유라고 하는 것은 절대적인 '타력(他力)'에 의하지 않으면 얻을 수 없는 것인지도 모르겠어.

요즘 다른 양식에 흥미가 생겨 메테를링크의 희곡을 읽었어. 공기처럼 투명한 희곡이야. 전체의 통일을 깨뜨리지 않으려고 온갖 조심을 하고 있는 희곡이지. 아름다움에 대해 가장 주의 깊고 가장 민감한 작가가 쓴 희곡이야.

독일어 시험 준비 때문에 이만 줄일게.

1915년 2월 28일

쓰네토 교에게

어떤 여자*를 옛날부터 알았어. 그 여자는 어떤 남자와 약혼을 했고, 나는 그제야 비로소 내가 그 여자를 사랑하고 있다는 걸 알았어. 그 약혼 상대가 어떤 사람인지 난 전혀 몰랐어. 또 나에 대한 그 여자의 감정도 어느 정도의 추측 외에는 아무것도 몰랐어. 그러다가 조금씩 알게 되었지. 그리고 그 약혼도 그냥 대략적인 말만 오갔을 뿐이라는 걸 알았어. 나는 청혼하려고 생각했어. 그리고 그 뜻을 그 여자에게 전하기 위해 어느 장소에서 만나기로 약속했어. 그런데 그 여자가 보낸 편지가 우체국의 실수로 다른 곳으로 배달되는 바람에 약속 시간에 늦어버려, 결국 만나지 못했어. 하지만 편지만으로도 내 결심을 재촉할 만큼의 힘은 전해졌어.

* 아쿠타가와의 첫사랑 요시다 야요이. 집안의 반대로 실연한 아쿠타가와는 괴로운 심정을 친구 쓰네토에게 자주 편지로 털어놓았다.

가족들에게 그 이야기를 꺼냈어. 심하게 반대하셨지. 큰이모는 밤새 우셨어. 나도 밤새 울었고. 이튿날 아침 나는 단호한 얼굴로 내 결심을 말했어. 그 후로 불편하고 어색한 날들이 며칠이고 계속됐지.

그사이에 나는 그녀에게 한번 편지를 보냈어. 답장은 오지 않았어. 일주일쯤 지나 어느 집 모임에서 그 여자를 만났어. 두세 마디 일상적인 이야기를 주고받았어. 어쩌다 그 여자와 눈이 마주쳤는데, 입가의 근육이 문득 자기도 모르게 움직인 것 같은 표정을 보았어. 그 여자는 제일 먼저 가버렸어. 나중에 그 집 주인 부부와 그 여자의 어머니와 이야기를 나누었는데, 그 여자에 대한 이야기가 나왔어. 안주인의 말로는, 그 여자의 어머니가 내 큰어머니라더군. 그러니까 그 여자가 내 사촌동생이라는 말이었지. 나는 마음 한구석에 공허함을 안고 그곳을 나와 집으로 돌아왔어. 그리고 학교에도 한동안 나가지 않았어. 읽고 있던 《이반 일리치》도 읽지 않았어. 마침 롤랑에게 이끌려 톨스토이의 거대한 수평선이 내 눈앞에 펼쳐지고 있을 때였지. 너무나 외로웠어.

대엿새쯤 지나 다시 그 집에 초대를 받아 인사를 드리러 갔어. 그때 그 여자가 우울증에 빠졌다는 말을 들었지. 불면증으로 두 시간밖에 못 잔다고 하더군. 그때 내가 그

집 부인에게 오래된 목판화 그림을 선물했는데, 그 그림 안에 그 여자를 닮은 얼굴이 있었어. 부인이 그 얼굴이 참 곱다고 하더군. 그리고 누구와 눈이 닮았는데 누군지는 생각이 나지 않는다고 했어. 나는 웃었지. 하지만 무척이나 외로웠어.

이주일쯤 지나 그 여자한테서 편지가 왔어. 그저 행복하기를 바란다고 하더군. 그 후로 그 여자도, 그 여자의 어머니도 만나지 않았어. 약혼이 어떻게 됐는지도 몰라. 작은아버지에게 불려가 꾸지람을 들었을 때, 그 여자에 대한 안 좋은 말을 조금 들었어.

어지러운 날들이 이어져 오늘에 이르렀어. 부치지 못하고 넣어둔 편지들이 쌓여 있어. 이 편지는 그 일이 있고 나서 처음으로 쓰는 편지야. 통속 소설을 읽는 것 같은 반감은 갖지 않고 읽어주면 좋겠어.

도쿄는 지금 만물에 봄이 살아 있어. 늘 멈추지 않는 고요한 힘이 저 끝없는 하늘에 종달새 울음소리를 불러올 날도 머지않은 것 같아.

모든 것은 흘러가. 그리고 모든 것은 반드시 머물러야 할 곳에 머무르지. 학교도 다시 나가기 시작했어. 《이반 일리치》도 다시 읽기 시작했고. 다만 한없이 외로워.

1915년 3월 9일

쓰네토 교에게

에고이즘을 벗어난 사랑이 과연 있을까.

에고이즘이 있는 사랑은 사람과 사람 사이의 벽을 넘을 수 없어. 인간에게 덮쳐오는 생존의 외로움을 치유할 수 없어. 만약 에고이즘이 없는 사랑이 없다면, 인간의 일생만큼 괴로운 건 없겠지. 주변은 추해. 나 자신도 추하지. 그리고 그것을 내 눈앞에서 보며 살아가는 건 괴로워. 더군다나 인간은 그런 채로 살아가도록 강요당하지. 이 모든 게 신의 소행이라면, 신의 소행은 못된 조롱이야. 나는 에고이즘을 벗어난 사랑의 존재를 의심해.

나는 가끔 도저히 견딜 수 없을 때가 있어. 왜 이렇게까지 생존을 계속해야 할 필요가 있을까 하고 생각할 때도 있어. 그리고 신에 대한 복수는 나 자신의 생존을 없애버리는 것이라고 생각할 때도 있어. 어떻게 해야 좋을지 모르겠어.

너는 차분히 그림을 그리고 있을지도 모르겠군. 그리고

내가 하는 말은 어리석은 과장이라고 생각할지도 모르지(그렇게 생각해도 어쩔 수 없지만). 그러나 내게는 이대로 회피하지 말고 나아가라고 강요하는 무언가가 있어. 그것은 나에게, 나와 내 주변의 모든 추함을 보라고 명령하고 있어. 나는 물론 죽는 게 두려워. 게다가 죽음의 예감을 느끼면서도 그것이 건네는 목소리에 귀를 기울이지 않을 수가 없어. 날마다 불쾌한 일이 꼭 일어나. 남들과 싸움을 벌일 것만 같아 도저히 견딜 수가 없어. 당분간 아무 생각 없이는 누구하고도 쉽게 이야기할 수 없을 것 같아. 그런 주제에 또 외로워서 견딜 수가 없어. 바보스러울 정도로 센티멘털해질 때도 있고.

어디 여행이라도 떠날까 해. 왠지 누구와도 못 만날 것 같아. 너무나 외로워.

1915년 3월 12일

쓰네토 교에게

나는 사랑의 모습을 하고 있는 hunger를 두려워했어. 또 결혼에 이르기까지의 서로의 정신적, 육체적 변화를 두려워했어. 그리고 (가장 경멸해야 할 사행심이지만) 나의 사랑을 흔드는 것이 다가오는 걸 두려워했어. 그러나 시간은 내 이런 세 가지 기우를 깨뜨려주었지. 나는 어떤 관능적인 것도 포함되지 않은 사랑을 품을 수 있게 되었어.

나는 아침에 혼자 눈을 떴을 때 노스탤지어 같은 슬픔을 느끼며 누군가를 생각했던 걸 잊지 않아. 그리고 아무도 모르는, 아무도 읽지 않을 편지를 써서 혼자 읽고 혼자 찢어 버린 것도 잊지 않아.

나는 지금 조용히 나와 내 주변을 바라보고 있어. 외면적인 사건은 별일 없이 평온하게 끝나버렸어. 나와 그 사람은 어쩌면 영원히 아무 상관 없는 사이가 되겠지. 그렇게 되지 않을 기회가 찾아온다 해도, 나는 될 수 있는 한 그렇게 되도록 애쓸 거야. 다만 두려운 건 어떤 하나의 기회겠지. 하지만 그건 그저 운명에 맡길 수밖에 없어.

나는 안개를 헤치고 새로운 곳을 본 것 같은 기분이 들어. 하지만 불행히도 그곳에는 추한 것뿐이었어. 나는 그 추한 것을 축복해. 그 추함 때문에 나는 내가 가진, 그리고 남이 가진 아름다움을 더 잘 알 수 있게 되었거든. 그뿐 아니라 내가 가진, 그리고 남이 가진 추함도 더 잘 알 수 있게 되었거든. 나는 있는 그대로 성장하고 싶어. 있는 그대로 강해지고 싶어. 나를 괴롭히는 허영과 성욕과 에고이즘을 내가 정당화할 수 있는 것으로 향상시키고 싶어. 그리고 설령 사랑받지 못한다 하더라도, 사랑함으로써 생존의 괴로움을 달래고 싶어.

요 며칠 겨우겨우 카오스에서 벗어난 듯 고요함을 얻었지만, 그 대신에 마음이 허전해졌어. 나는 모든 어리석고 우스꽝스러운, 헛된 명성을 비웃고 싶어. 하지만 비웃기보다는 먼저 동정하고 싶어. 어쩌면 세상의 모든 것은 눈물과 웃음으로 바라봐야 할지도 몰라.

나는 나를 사랑하고 미워하는 모든 낯선 이들과 함께 대학을 졸업하고 먹고살 방법을 찾다가 죽겠지. 그건 슬프지도 기쁘지도 않아. 하지만 죽을 때까지 꿈만 꾸는 건 견딜 수 없어. 또 인간다운 불을 못 피운다면 더더욱 견딜 수 없어. 난 그저 영원히 인간다운 크기를 갖고 싶어.

1915년 5월 2일

야마모토 기요시에게

요즘은 조금 안정이 됐어. 하지만 여전히 외로워서 견딜 수가 없어. 언제쯤 이 외로움을 잊을 수 있을까, 누가 이 외로움을 잊게 해줄 수 있을까. 내게 그건 '덮여 있는 책'이야.

사회에 대해 난 에고이스트야. 에고이즘은 강점도 있고 약점도 있다고 생각해. 약점은 개인의 고립(에고이즘의 필연적인 귀결은 아니지만)이고, 강점은 개인의 자유지. 이 외로움이라는 약점을 채워주는 건 사랑 말고는 없다고 생각해. 지위, 돈, 학력 같은 온갖 속성에서 벗어난 영혼 그 자체를 사랑하는 사랑 말고는 없다고 생각해. 이 사랑의 불꽃을 통과하고 나서야 비로소 두 영혼은 완전히 하나가 될 수 있지 않을까. 이 사랑의 불꽃에 불살라지고서야 비로소 개인과 개인 사이의 벽이 사라질 수 있지 않을까. 내가 '굶주리고 목말라하듯' 원하는 건 바로 그런 사랑이야.

하지만 과연 그런 사랑을 이 세상에서 얻을 수 있을까. 서로의 완벽한 이해, 더 나아가 이지를 초월한 불가사의한 이해를 연인에게서 얻을 수 있을까. 불행히도 나는 부정적으로밖에 대답할 수 없어. 하지만 나는 이 부정이 긍정으로 바뀌기를 진심으로 바라고 있어. 그것이 실제로 이루어지기를 바라고 있어. 그런 사랑 없이 살아가기엔 난 너무 젊어. 또 그런 사랑이 아닌 다른 사랑에 안주하며 살아가기에 난 너무 나이가 많아. 난 진심으로 그런 사랑을 바라고 있어. 그런 사랑을 바라는 이 외로움을 너는 알 수 있을까? 세상과 격리된 개성의 나라에서 오직 '나 자신'과 '예술'만 바라보며 괴로운 수도의 길을 걸어가는 이 외로움을 네가 알아줄 수 있을까?

어차피 나는 행복해질 수 없는 인간인지도 몰라. 위대한 선배들 중에는 불행한 생을 보낸 사람이 많아. 특히 고흐가 —. 하지만 난 행복해지고 싶어. 그런 사랑의 연옥으로 들어가고 싶어.

1915년 12월 3일

쓰네토 교에게

요즘 들어 가끔 마쓰에에 있었을 때가 생각나*. 잔잔한 호수의 수면과 그 위로 펼쳐진 드넓은 하늘이 떠올라. 하늘에는 늘 회색 구름이 떠 있었지. 지금 그 하늘 아래 호수를 가로지르는 작은 증기선은 아마 고우라로 향하는 배일 테지. 그러면 내 마음 위에는 희미한 슬픔이 떨어지고 동시에 어떤 평화가 찾아와. 나는 조용히 그 하늘과 그 호수로 눈길을 돌리고 그곳에서의 생활을 축복해.

지금 여기 다바타는 어디를 가든 노란색 나뭇잎뿐이야. 밤길을 걸으면 가을의 냄새가 나.

나무는 가을을 품에 안고
밝은 적막을 불러낸다
'노랑'은 햇빛에 설핏 잠들고

* 아쿠타가와가 첫사랑의 실연으로 힘들어하고 있을 때 쓰네토는 그를 위로하려고 자신의 고향 마쓰에로 불러 함께 지냈다.

나무는 희미한 호흡을
햇빛에 녹이려 하네
그때 사람은 나무와 함께
가을 앞에 고개를 숙이고
그 속으로 통하는
부드러운 '죽음'을 기뻐하네

마사오카 시키의 묘가 있는 다이류지에도 노랗게 물든 은행나무가 있어. 울타리의 홍가시나무와 삼나무만이 짙은 녹색을 띠고, 나머지는 온통 노랑이야. 무를 실은 수레가 그 길을 지나가. 노란 국화꽃만 한가득 담은 바구니를 실은 수레도 지나가고. 수레바퀴 소리, 고추잠자리를 잡는 아이들의 노랫소리, 때까치의 울음소리 — 그것 말고는 조용해. 가끔 교외로 산책을 가곤 해. 작은 강, 단풍, 집오리. 그리고 감을 사서 집으로 돌아가지.

오늘 지은 시 한 편 보낼게. 왠지 슬픈 기분이 들었을 때 지은 거야.

저녁은 아련한 어둠을 낳고
어둠은 생각에 잠긴 그대를 낳네
그대의 머리칼은 검고

머리에 꽂은 꽃도
색이 없이 창백하지만
뭔가가 그 안에서 숨을 쉬네
희미하게
하지만 끊임없이 —
저녁은 아련한 어둠을 낳고
어둠은 생각에 잠긴 그대를 낳네

또 한 번 신야마 산꼭대기에 올라가 도시락을 먹고 싶어. 지금쯤이면 청미래덩굴에도 열매가 맺혔다가 떨어졌겠지. 산도 완연히 노랗게 물들었을 테고. 붉은 흙과 소나무는 지금도 변함없겠지. 도시락의 계란말이는 정말 맛있었어. 새우도 먹고 싶네. 내가 먹보라서 그런지 먹는 것만 잔뜩 생각이 나는군.

어떤 단순한 감정이라도 그 안에는 허영심이 무한히 존재해. 하물며 복잡한 정서는 말할 것도 없겠지. 고정된 이름 아래 고정된 정서를 예상하는 건 부르주아일 뿐이야. 인간의 성격이나 환경 등 수많은 것들에 의해 바뀌는 어느 순간의 어느 불가사의한 감정과 정서 — 이것은 학문도 예술도 알 수 없어. 단지 '생활'할 뿐이야. 단지 체험할 뿐이야.

이 글을 쓰기 시작할 때는 예상치 못했던 어떤 감격에 잠겨 이 편지를 마무리하려고 해. 거대한 바람 같은 것이, 어떤 형태를 지닌 빛줄기 같은 것이 내 머릿속을 뚫고 지나간 듯한 느낌이 들어.

지금까지는 누군가 그리우면서도 왠지 혼자 있고 싶은 기분에 젖어 있을 때면, 뭐라도 해, 뭐라도 해, 하는 소리가 끊임없이 어디선가 들려오는 것 같았어. 그런데 지금은 그게 전부 어디론가 사라져버렸어. 이대로 몇십 년, 몇백 년이고 가만히 '끊임없이 변하지만 정지해 있고, 윤회하지만 항구하는' 모든 것을 보고 싶다는 기분이 들어. 왜 그런지는 모르겠어. 다만 나의 의식 속에는 어떤 어두운 눈이 떠 있어. 그것은 내 의식이 몇 번이나 눈물을 흘리는 걸 보아온 눈이야. 나는 이 마음을 잃을까 봐 두려워. 이 눈을 잃을까 봐 두려워. 슬프기도 해.

평화롭고 건강하게 지내기를.

1915년 날짜 미상

야마모토 기요시에게

오늘 밤은 고요한 마음으로 편지를 쓸 수 있어서 기뻐. 〈단념〉은 아직 읽지 않았어. 〈여름의 모습〉은 그날 집으로 가는 전차 안에서 다 읽었는데, 어떤 점에서는 감탄했지만 어떤 점(지금 내가 생각하는 예술의 핵심이라고 믿는 점)에서는 만족스럽지 않았어.

나는 언제쯤 내가 꿈꾸는 예술을 스스로 만들어낼 수 있을까, 그런 생각을 하면 불안해져. 모든 위대한 예술은 말로 표현할 수 없는 힘이 있어. 이 힘 앞에서 많은 사람들은 강한 위압감을 느끼지. 언제 어디서 만들어졌든, 예술 작품이라면 공통적으로 이 힘을 가지고 있어. 미(美)에 대한 평가는 시대에 따라 다르겠지만 이 힘은 다르지 않아. 나는 이 힘이 모든 예술의 본질이라고 생각해. 그리고 이 힘이야말로 인생을 꿰뚫고 흐르는 정신적 삶의 발현이라고 생각해. 이 힘과 계속 관계를 맺지 않는 한, 예술품은 질 낮은 골동품이나 다름없어. 일본의 작품 중에 이런 힘을 느낄 수 있는 것이 있을까. 일본의 예술가 중에 이런 힘을 가지고 끊임없이 정진하고 있는 사람이 있을까 (극히 예외는 제외하고). 만약 없다면 그들은 부르주아일 뿐 예술가의 자격이 없어. 그런 의미에서 나쓰메 선생의 작품은 위대해. 무샤노코지 씨의 작품은 사랑스러운 데가 있어. 시가 씨의 작품은 빛이 나지. 나는 외로워. 늘 외로워. 누군가에게 사랑받고 누군가를 사랑하지 않으면 살아갈 수 없는 인간인 것 같은 기분이 들어.

나는 요즘 여러 기회를 통해 아내라는 것에 대해 생각하게 됐어. 그리고 세상 사람들이 생각하는 아내라는 것에 대해 조금씩 알게 되었지. 나는 곳곳에 추한 것들이 있는 것에 놀랐어. 사랑을 벗어난 성욕이 곳곳에서 힘을 떨치고 있는 것에 놀랐어. 나는 부부관계를 높고 귀한 것으로 만들고 싶어. 둘 사이의 사랑에서 모든 위대한 것이 태어나는 그런 관계로 만들고 싶어. 그리고 그런 관계의 가치를 둘 사이의 사랑의 가치로 만들고 싶어. 나는 모든 것을 해석하는 것은 사랑이라고 믿어. 물론 이 결론은 옛날부터 익히 들어서 알고는 있지. 하지만 이 결론에 도달하기까지 나의 경험은 오래되지 않았어. 어쨌든 너무 외로워. 지금 쓰고 있는 소설을 네가 읽어줄 때쯤에는 조금은 외롭지 않을지도 모르겠군.

나는 때때로 한없는 쓸쓸함을 느껴. 얼마 전 로맹 롤랑이 쓴 톨스토이에 관한 책을 읽고 크게 감동했어. 한 치의 빈틈도 없이 자신의 약점을 공격한 톨스토이를 생각하니, 빈둥빈둥 살고 있는 것이 죄스러운 마음조차 들었어. 톨스토이는 끊임없이 자신을 덮치는 악덕으로, 도박벽, 색욕, 허영심이라는 세 가지를 들었어. 그는 실제로 그 하나하나에 취약했지. 하지만 모든 악이 그의 손에서는 선으로 살아나. 그리고 모든 고통이 그의 마음속에서는 행복으로 살아나. 나는 요즘 톨스토이의 위대함에 대해 새삼 생각하고 있어.

"오로지 괴로워해야 한다. 모든 것을 버리고 괴로워해야 한다. 표면상의 고통은 고통이라고 느끼지 않을 만큼 괴로워해야 한다. 그것이 신의 의지다. 이 의지를 따름으로써 비로소 인간은 완성된다."

이렇게 괴로워할 때 나를 위로해주는 건 무엇일까. 나의 신앙을 더욱더 굳건히 해주는 것은 무엇일까. 그렇게 해줄 수 있는 것이 내게는 세 가지가 있다고 생각해. 첫째는 부모 (또는 그 기억), 둘째는 친구 (또는 그 기억), 셋째는 아내나 연인 (또는 그 기억)이야. 그리고 나는 그중에 어느 한 가지도 가질 수 없을 것 같은 기분이 들어.

올해 안에 상쾌한 연애소설을 써서 너에게 바치고 싶지

만 아무래도 못할 것 같기도 해. 어쨌든 하고 싶은 건 많은데, 시간도 능력도 부족해. 나 자신도 애가 타. 그런 주제에 남은 어지간히 경멸하면서.

언젠가 혼고의 집에서 우리가 다 같이 찍은 사진을 본 적이 있어. 아마 네가 찍은 사진이겠지. 그것 한 장만 내게 보내줄 수 있겠어? 나는 지금 가정적인 따스함에 굶주려 있어. 너무 외로워. 할 수 있으면 보내줘.

1916년 5월 13일

야마모토 기요시에게

오늘 또 후미에 대한 사랑을 다짐했어. 그리고 그만큼 더 외로웠어*.

내가 후미를 사랑한다는 걸 후미가 조금이라도 알면 좋겠다고 생각했어. 그리고 그녀가 알고 있다는 걸 내가 조금이라도 알 수 있다면 좋겠다고 생각했어. 처음에는 그런 생각 때문에 외로웠지. 나에 대한 후미의 마음을 내가 조금이라도 알 수 있으면 좋겠다고 생각했어. 설령 그것이 부정적인 마음이라 할지라도 어느 정도는 알고 싶다고 생각했어. 그래서 외로웠어. 짝사랑의 불행을 한탄하는 사람도 상대에게 사랑을 고백할 수 있었다는 점에서 나보다는 덜 외로울 거라고 생각해. 그리고 설령 부정적인 대답이라 해도 그 사람의 대답을 얻을 수 있었다는 점에서 역시 나보다는 덜 외로울 거라고 생각해. 나는 외로워. 너도 이

* 야마모토 기요시는 아쿠타가와의 아내 후미의 외숙부다. 아쿠타가와는 그를 통해 자신의 마음을 후미에게 전했다.

외로움을 알아줄 거라고 생각해. 그리고 너만이 이 외로움을 조금이라도 없앨 수 있다는 걸 알고 있어. 너에게 모든 걸 맡길게. 나는 한없이 외로워.

이런 글을 쓰는 게 너에게 부담을 주는 것 같아 괴로워. 괴로운 일을 억지로 떠맡기려는 것은 나의 에고이즘이거나, 혹은 일반적으로 사랑이 인간에게 부과하는 에고이즘이거나 둘 중의 하나일 거라 생각해. 이 에고이즘을 경멸하지 말아 주었으면 좋겠어.

너에게 모든 걸 맡길게. 그리고 기다릴게.

1916년 8월 22일

나쓰메 소세키*에게

선생님. 실례를 무릅쓰고 원고지에 써서 보냅니다.

여기에 온 지도 그럭저럭 일주일이 되었습니다. 오전에는 공부를 하고 오후에는 바다에서 헤엄치는 것이 버릇처럼 되었습니다만, 오전에 하는 일이라고는 낮잠을 자거나 잡담이나 할 뿐 공부는 게을리하고 있습니다. 특히《신사조》에 실을 원고를 완성한 뒤로는 마치 해방이라도 된 듯한 기분이 들어, 돈벌이용 번역은 의리로라도 못할 것 같습니다. 공부라고는 하지만 사실은 번역이 제가 하는 일의 대부분입니다.

어제는《신소설》에서 교정 원고가 도착했습니다. 교정지만 봐도 아무래도 실패작인 것 같아 힘이 쭉 빠졌습니

* 1916년 2월 나쓰메 소세키는 동인지에 실린 아쿠타가와의 〈코〉를 극찬하며 그에게 직접 편지를 보냈다. 이 편지는 그로부터 몇 달 뒤 아쿠타가와가 바닷가에서 마지막 여름방학을 보낼 때 소세키에게 보낸 것이다. 소세키는 이 편지를 받고 넉 달 후 세상을 떠났다.

다.

언제나 저는 한 달쯤 지나지 않으면 제가 쓴 글이 어느 정도 수준에 와 있는지 알 수 없습니다. 그렇게 생각하면, 지금 힘이 빠져 있는 것이 모순 같기도 하고, 어쨌든 아직은 실패작인지 어떤지 알 수 없습니다. 하지만 아무래도 실패한 것 같아 힘이 빠진 것입니다. 실제로 교정하는 동안 하나둘씩 마음에 걸리는 부분이 줄줄이 나와, 몇 번이나 빨간 잉크 펜을 내던지고 드러누웠는지 모릅니다. 구메가 옆에서 애써 격려해주지만, 마음에 걸리는 것이 남의 평가가 아니라 저 자신의 평가이기 때문에 괴롭습니다. 물론 저 자신의 평가도 남의 평가에 전혀 좌우되지 않는다고 할 수는 없겠지만요.

시답잖은 이야기를 길게 썼습니다. 왠지 이런 괴로운 심정을 선생님께 털어놓고 싶은 마음이 들었나 봅니다. 이렇게라도 하지 않으면 이상하게 우울해져서 견딜 수가 없습니다.

여기 숙소는 허름한 곳이어서 식사 때는 거의 매일 토란만 내줍니다. 지금 쓰고 있는 소설도 〈마죽〉인데, 그러고 보니 제가 요즘 뿌리채소의 존경을 듬뿍 받고 있는 모양입니다. 하녀에게 준 팁이 적어서 그런지 그다지 대접이 좋지는 않습니다. 오히려 홀대를 받고 있다고 하는 편이 적절할 테지요. 아침에 문을 열고 이불 개는 것까지 저에게 시키니 말입니다. 오늘 아침에는 아무리 기다려도 세숫물을 가져다주지 않아서 무척 난처했습니다.

아, 방금 선생님께서 보내신 편지가 막 도착했습니다. 저희가 어떻게 한가로이 시간을 보내고 있는지, 구메가 그린 스케치 세 점과 제가 그린 묘한 그림 하나를 보내드리면서 소식을 전합니다. 제가 지은 시는 선생님의 것에는 비할 바도 못 되겠지만, 제 그림은 나중에 (제가 선생님만큼 나이를 먹으면) 선생님의 달마 그림을 뒤쫓을 정도는 될 수 있을지도 모르겠습니다.

선생님 댁의 파초는 이제 잎이 갈라지고 있겠지요? 여기 바닷가의 통보리사초도 짙은 갈색 이삭을 어지럽게 흩뿌리고 있습니다.

모래로 안다
해가 약해졌구나
바다의 가을

이것은 제가 지은 하이쿠인데, 구메가 평하기로는 평범

하다고 합니다*. 그리고 이런 시도 하나 지었습니다.

모래 저 멀리
여뀌꽃들 위에는
바다의 구름

여기에는 시작법 책이 없어서 시를 지을 수가 없습니다. 짓는다고 해도 어디 내놓을 마음은 생기지 않겠지요. 선생님께서 보내주신 시에 대한 보답으로 하이쿠와 그림을 동봉하면서 이만 줄이겠습니다.

* 이 편지에 대한 답장에서 소세키는 이 시가 평범하지 않다고 말했다.

1916년 8월 25일

쓰카모토 후미*에게

나는 아직 여기 바닷가에서 책을 읽거나 원고를 쓰면서 지내고 있습니다. 언제쯤 집에 돌아갈지는 확실치 않습니다. 하지만 집에 돌아가면 후미에게 이런 편지를 쓰기가 쉽지 않을 테니까 이렇게 긴 편지를 쓰고 있습니다.

낮에는 글도 쓰고 바다에서 물놀이도 하니까 잊어버리지만, 저녁이나 밤이 되면 도쿄가 그리워집니다. 그리고 어서 그 불빛 반짝이고 화려한 거리를 걷고 싶다는 생각이 듭니다. 하지만 도쿄가 그리워진다는 건 그저 도쿄의 거리가 그리워진다는 의미만은 아닙니다. 도쿄에 있는 사람도 그리워지는 것입니다. 그럴 때 나는 가끔 후미를 생각합니다.

후미와 결혼하고 싶다고 내가 야마모토 형에게 말한 것

* 아쿠타가와의 아내. 이 편지는 아쿠타가와가 후미에게 정식으로 구혼을 청하며 보낸 것이다. 중학생 시절 친구 야마모토 기요시의 집에서 후미를 처음 만났다. 후미는 기요시의 조카다.

이 벌써 몇 년이 지났을까요? (이런 말을 후미에게 보내는 편지에 써도 되는지 모르겠습니다.)

내가 결혼하고 싶은 이유는 단 하나입니다. 그건 내가 후미를 좋아하기 때문입니다. 물론 옛날부터 좋아했습니다. 지금도 좋아합니다. 그것 말고 다른 이유는 아무것도 없습니다. 나는 세상 사람들처럼 결혼을 이런저런 생활상의 편의와 하나로 묶어 생각할 수 없는 인간입니다. 그렇기 때문에 이 정도의 이유만으로, 후미와 결혼할 수 있다면 결혼하고 싶다고 형에게 말했습니다. 그리고 그것이 가능한지 어떤지는 오로지 후미의 생각으로만 결정되어야 한다고 말했습니다. 나는 지금도 형에게 그 말을 했을 때와 똑같은 심정입니다.

세상 사람들이 내 생각을 뭐라고 여기며 웃어도 상관하지 않습니다. 세상의 인간들은 적당히 맞선을 보고 적당히 뒷조사를 해서 쉽게 결혼을 합니다. 나는 그렇게 할 수가 없습니다. 그렇게 할 수 없다는 점에서 세상 사람들보다 내가 훨씬 고등하다고 자부하고 있습니다.

어쨌든 내가 후미와 결혼할지 안 할지는 완전히 후미의 마음 하나만으로 결정될 것입니다. 내 입장에서 말하면 당연히 승낙해주기를 바랍니다. 하지만 조금이라도 후미의 생각을 억지로 움직이게 하는 것이 있다면 후미는 물론 어머님과 형에게도 죄송한 일입니다. 그렇기 때문에 후미는 완전히 자유롭게 자신의 생각을 결정해야 합니다. 만에 하나라도 후회할 일이 생긴다면 큰일입니다.

내가 하고 있는 일은 지금 일본에서 가장 돈이 되지 않는 장사입니다. 더군다나 나 자신도 변변한 돈이 없습니다. 그렇기 때문에 생활 수준으로 본다면 늘 뻔합니다. 그리고 나는 몸도 머리도 그다지 잘 만들어지지 않았습니다 (머리 쪽은 그래도 아직은 조금 자신이 있습니다). 집에는 아버지, 어머니, 큰이모, 이렇게 노인이 세 분 계십니다. 그래도 괜찮다면 와주십시오. 나는 후미 자신의 입에서 나온 꾸밈없는 대답을 듣고 싶습니다.

다시 한 번 쓰지만, 이유는 딱 하나입니다. 나는 후미를 좋아합니다. 그것만으로도 괜찮다면 와주십시오. 이 편지는 남에게 보여주든 말든 후미가 원하는 대로 하십시오.

여기 이치노미야는 이제 가을이 온 것 같습니다. 무궁화에 꽃봉오리가 맺혀 있고, 통보리사초의 이삭이 짙은 갈색으로 변한 것을 보니 쓸쓸해집니다.

내가 이곳에 있는 동안에 편지를 쓸 시간과 마음이 있다면 한 번 더 써주십시오. '시간과 마음이 있다면' 말입니다. 쓰지 않아도 괜찮지만, 써준다면 더 기쁠 것입니다.

이만 줄이겠습니다.

1916년 10월 11일

쓰네토 교에게

미술원 전시회를 보고 정말로 안 되겠다는 생각이 들었어. 일본의 그림은 소설보다 갈 길이 먼 게 분명해. 청나라 때 그림이 지금의 일본 그림보다 훨씬 좋은 것 같아. 요슈(揚舟)가 그린 호랑이 그림을 그릴 만한 사람은 한 명도 없어.

비평가들은 대부분 바보들이야. 그중에는 그래도 고미야 도요타카가 가장 빈틈이 없지. 이건 나 자신이 개인적으로 체험한 것을 근거로 하는 말이니까 확실해. 나카무라 고게쓰 같은 사람은 머릿속에 뇌가 아니라 된장이 들어 있는 게 분명해. 그렇지만 나도 역시 세평에는 신경이 쓰여. 너무 말도 안 되는 소리를 들으면 화가 나니까. 칭찬이라면 말이 안 되는 소리라도 그나마 넘어가겠지만, 나쁜 소리를 하면 참을 수가 없거든.

문단은 싫지만, 작가라는 사람은 의외로 다들 정직해. 돈을 바라기는 하지만, 돈을 버는 수단을 훈계하지 않는 것에는 감탄할 때가 있어. 나는 싸구려 양심을 가진 부르주아보다는 귀여운 난봉꾼 쪽에 훨씬 더 동정을 느껴. 약할수록 사랑스러워. 약한 것을 아는 사람일수록 겸손해.

난 이제 조금씩 점잔빼는 듯한 교제에서 벗어나려고 해. 말하자면 난 그들과는 인연이 없는 것 같다는 생각이 들어. 본성이 드러나면 어리석게 변해. 천박하게 인류에 대해 사랑을 느끼거나 엄숙해지는 건 싫어.

나는 나다운 글을 써나가면 되는 거야. 넌 내가 쓴 작품을 읽는 것보다 나라는 사람 그 자체가 더 좋다고 하지만, 그건 네가 나를 과대평가한 거야. 네가 내 작품에 드러난 내 성격의 단면을 실생활에서 보지 못해서 그런 거야. 실제로 과거에는 나도 그 정도의 위선은 쉽게 떠는 인간이었으니까. 위선을 떨지 않으면 왠지 마음이 불안한 인간이었으니까. 한 가지 더 말하면, 나 자신의 본성에도, 또 남의 본성에도 들러붙어 비위를 맞추던 인간이었으니까.

지금은 조금은 진짜 인간이 되었어. 그리고 작으면 작은 대로, 진짜 인간으로 다시 시작하려고 해. 그래서 요즘은 꽤 안정이 됐어.

1916년 12월 13일

쓰카모토 후미에게

보내준 편지 두 통은 잘 받았습니다. 고맙습니다.

하루하루 외롭게 살아가는 이 몸에 즐거운 일이란 없습니다. 이제 막 도쿄에서 돌아온 참입니다. 도쿄에 가서 상가에서 이틀 밤을 새우고 장례식 일을 도와드리고 왔습니다. 나쓰메 선생님의 장례 말입니다.

지금까지 나는 이토록 견디기 힘든 슬픔을 겪은 적이 없습니다. 지금도 선생님을 떠올리면 견딜 수가 없습니다. 내가 쓴 작품을 처음으로 인정해준 사람이 선생님이니까요. 이렇게 편지를 쓰고 있는 동안에도 계속 선생님 생각만 납니다.

선생님이 눈을 감으신 다음 날 따님 후데코 씨가 학교에 갔더니, 국어 선생인 다케시마 하고로모 씨가 '소세키 선생의 영면을 애도한다'라는 제목으로 작문을 시켰다고 합니다. 그 제목을 칠판에 쓰면서 다케시마 씨가 눈물을 흘리는 바람에 학생들이 전부 울었다고 합니다. 또 의과

대학 교수인 선생님의 주치의 마나베 씨는 제자들이 찾아와서 스승의 용태는 하나도 묻지 않고 나쓰메 선생님의 병세만 걱정하며 물었다고 합니다. 그리고 마나베 씨가 선생님의 진료 때문에 강의를 빠져야 한다고 하니, 학생들이 이구동성으로 "저희 수업 같은 건 아무래도 괜찮으니 어서 가셔서 나쓰메 선생님 병을 낫게 해주십시오."라고 했다고 합니다.

그렇게 모든 사람들이 아껴도, 수명은 수명이기에 어쩔 수 없는 일이겠지요. 일 년만이라도 더 사시게 하고 싶었습니다. 왠지 모든 것이 황량한 기분이 듭니다. 몸 상태가 완전히 회복되지 않은 탓도 있겠지요.

내일은 일찍 일어나야 하니 이만 줄입니다.

1917년 2월 8일

나쓰메 교코*에게

사모님.

구메와 마쓰오카는 선생님 댁에 들렀다 오기도 하는데 저만 혼자 한가로이 가마쿠라에 머물러 있는 것이 왠지 죄송한 마음이 들어 이렇게 편지를 보냅니다.

전에 보내주신 《명암》과 사진은 구메를 통해 감사히 잘 받았습니다. 얼마 전에도 도쿄에 갔다 왔지만, 원고 마감이 급하다고 독촉하는 바람에 들르지 못했습니다.

가끔 선생님을 생각합니다. 지금까지 모든 사람이 다 나쁘게 말한 제 소설을 선생님만 칭찬해주신 적이 많았습니다. 그럴 때는 누가 아무리 나쁘게 말해도 아무렇지 않았습니다. 선생님만 칭찬해주시면 괜찮다고 생각했습니다. 소설을 쓰고 있을 때는 무엇보다 먼저 그것을 떠올립니다.

* 나쓰메 소세키의 아내.

가마쿠라에 있으니 쓸쓸해서 견딜 수가 없습니다. 학교 일도 딱히 재미가 없습니다. 가끔 교수가 틀린 것을 가르칠 때면 생도들에게 추궁을 당하기도 합니다*. 생도들은 하나같이 용맹하여, 온갖 악덕이라도 당당하게만 저지른다면 언제든 선이 된다는 듯한 신념을 갖고 있습니다. (어쩌면 이것은 군인들에게 공통된 신념인지도 모르겠습니다.) 그래서 제 꼬투리를 잡거나 저를 굴복시킬 때도 언제나 당당합니다.

저는 이제 막 식사를 끝냈습니다. 괴로울 정도로 배가 부릅니다. 그리고 이 편지를 쓰고 있으니 뭐든지 잘 드시는 사모님이 저절로 생각납니다. 이만 줄이겠습니다.

* 대학 졸업 후 해군기관학교에서 영어 교관으로 근무했을 때의 일이다.

1917년 4월 16일

쓰카모토 후미에게

내년 이맘때쯤이면 집을 가질 수 있겠지요. 다만 월급이 60엔밖에 안 되니까 꽤 가난할 겁니다. 그걸로 살림을 꾸려가기는 힘들겠지만 참아주십시오. 힘들 때는 둘이서 함께 힘들어합시다. 그 대신 즐거울 때는 둘이서 함께 즐거워합시다. 그러면 어떻게든 될 때가 올 것입니다. 하등한 부자가 되기보다는 고등한 빈자가 되는 편이 좋겠지요. 그렇게 생각해주십시오.

내게는 내 일이 있습니다. 게다가 편한 일도 아닙니다. 그 일 때문에 무척 힘들고 괴로운 일을 겪을 것입니다. 하지만 어떤 일을 겪더라도 후미만 나와 함께해준다면 나는 절대로 지지 않을 것입니다. 이것은 전혀 허풍이 아닙니다. 정말로 그렇게 생각합니다. 전부터 그렇게 생각하고 있습니다. 후미 아닌 다른 사람과 함께 있고 싶다고 생각한 적은 내게 없습니다. 후미만 지금 그대로 남아준다면, 지금 그대로 자연스럽고 솔직하게 남아준다면, 그리고 나를 사랑해주기만 한다면.

왠지 마음에 걸려 묻습니다. 정말로 나를 사랑해주겠습니까?

이 편지는 후미 혼자만 보십시오. 남이 보면 쑥스러우니까요.

1917년 9월 5일

쓰카모토 후미에게

방금 후미가 보낸 편지를 읽고 또 편지를 씁니다.

나쓰메 선생님의 따님에 관한 일은 오해를 사기 쉬운 이야기여서 아무에게도 말하지 않았습니다*. 다만 야마모토 형과는 전부터 모든 이야기를 주고받는 사이여서 그 이야기를 했습니다. 그리고 아무에게도 (후미와 이머님께도 물론) 말하지 말라고 했습니다. 그런 말을 듣고 내가 우쭐해 할 거라고 사람들이 생각하는 것이 싫었기 때문입니다. 그 이야기를 후미에게 전한 형이 나쁜 것입니다. 이번에 만나면 잔소리를 좀 해야겠습니다. 약속을 지키지 않는 것은 매우 나쁩니다. 나쓰메 선생님의 따님이 나에게 전혀 마음이 없듯이, 나 역시 그쪽에 대한 마음이 전혀 없습니다.

---

* 소세키의 제자들이 소세키의 장녀 후데코의 남편감으로 아쿠타가와를 추천했는데, 아쿠타가와는 이미 후미에게 청혼한 상태여서 이루어지지 않았다.

내가 후미와 결혼을 약속했기 때문에 선생님의 따님을 거절한다는 말이 아닙니다. 그런 약속이 없었더라도 거절할 것입니다. 후미가 아닌 다른 사람과 행복하게 살 수 있다는 생각은 처음부터 꿈에도 없었습니다. 나에게 힘을 주고, 내 생활을 유쾌하게 하는 사람이 있다면, 그것은 후미뿐입니다. 그렇기 때문에 나에게는 후미가 소중합니다. 옛날처럼 아내를 쟁탈하듯이, 후미를 얻기 위해서 싸워야만 한다면 나는 누구와도 맞서 싸울 것입니다. 그리고 이길 때까지 멈추지 않을 것입니다. 그만큼 나는 후미를 생각하고 있습니다. 나는 이것만큼은 신 앞에서도 부끄럽지 않습니다. 나는 후미를 사랑합니다. 후미도 나를 사랑해주십시오.

사랑하는 사람은 모든 것을 정복합니다. 죽음조차도 사랑 앞에서는 힘을 쓸 수 없습니다. 내가 후미를 누구보다 사랑한다는 걸 잊지 말아 주십시오. 그리고 가끔은 나를 생각해주십시오.

나는 지금 보잘것없는 하숙 생활을 하고 있습니다. 하지만 후미와 함께할 수 있다면 나에게 새로운 힘이 생겨날 거라고 믿습니다. 그렇게 되면 나는 아무것도 두려울 게 없습니다. 다만 후미가 내게 오면 후미의 어머님이 무척 외로워지시겠지요. 그것이 안타깝습니다. 후미도 그렇게 생각하겠지요? 나는 그것이 정말 마음이 아픕니다.

시간이 나면 편지를 써주십시오.

1917년 9월 28일

쓰카모토 후미에게

벌써 열한 시가 넘었지만 좀 더 힘을 내어 이 편지를 씁니다. 먼저 《크리스마스 캐럴》의 작가에 대한 이야기입니다. 찰스 디킨스라는 사람으로, 근대 영국의 가장 훌륭한 소설가입니다. 크리스마스 캐럴 외에도 크리스마스를 소재로 한 이야기를 두세 편 썼지만, 이 책이 가장 걸작입니다. 영어 원문은 좀 어려워서 후미가 읽기에는 조금 힘들지도 모르겠습니다. 디킨스 이야기는 이 정도로 하지요.

학교 일만 하고 소설을 쓰지 못한다면 나는 3년 안에 죽어버릴 것입니다. 가르치는 일은 정말이지 싫습니다. 학생들의 얼굴을 보면 지긋지긋해서 견딜 수가 없습니다. 그 대신 원고지와 책과 펜과 잉크와 좋은 담배만 있으면 나는 그것으로 모든 번뇌에서 해탈합니다.

요즘 이런저런 사람들이 나를 찾아옵니다. 게다가 초면인 사람들입니다. 어제는 군수 공장의 활판공으로 일하면서 소설을 쓴다는 사람과 소설가 지망생인 여학생이 찾아왔습니다. 내 의견을 말해주었지요. "소설 같은 건 쓸 게 못 됩니다. 하물며 직업으로 할 만한 건 더더욱 아닙니다." 라는 식으로요.

그들은 그저 세상 사람들의 입에 오르내리기 위해서 소설을 쓰고 있는 사람들이었습니다. 그런 생각으로 글을 쓴다고 한들 뭘 쓸 수 있겠습니까. 생각 자체가 잘못되었으니까요. 그런 사람이 내 소설을 읽는다고 생각하면 비관에 빠집니다.

나는 좀 더 고등한 인간의 고등한 정신적 요구를 충족시키기 위해 쓰고 있습니다. 앞으로 내가 10년, 20년 후면, 그리고 지금처럼 쭉 나아갈 수 있다면, 끝으로 신이 그렇게 허락해준다면, 나도 불후의 대작 하나쯤은 쓸 수 있을지도 모릅니다. (하지만 쓸 수 없을지도 모릅니다. 모든 일은 결국 그렇게 되는 것밖에 될 수 없으니까요.) 그런 생각을 하면 온몸 구석구석까지 황홀하고 비장한 감격을 느낍니다. 온 세상을 상대로 혼자서 싸우겠다는 용기를 느낍니다. 그럴 때는 세상의 부자 따위는 몇백 명이 한꺼번에 덤빈다고 해도 꿈쩍도 하지 않을 것입니다. 그럴 때가 내게는 가장 행복한 때입니다.

대부분의 일은 순수함과 정직함으로 훌륭하게 정리됩니다. 그것은 내가 보증합니다. 세상의 모든 일이 똑똑함만으로 잘 풀릴 거라고 생각한다면 큰 잘못입니다. 그것보다 먼저 인간입니다. 진정으로 인간다운 정직한 인간입니다. 그것이 가장 강합니다. 이렇게 간단한 것이 요즘 사람들에게는 통하지 않습니다. 특히 돈 있고 똑똑한 사람들에게 통하지 않습니다. 그래서 그들은 행복한 삶을 보내지 못합니다. 그런 사람들에게 물들지 않아야 합니다.

나 역시 갖고 싶은 것이 많이 있습니다. 내가 가진 돈을 전부 책으로 바꿔도 여전히 읽고 싶고 사고 싶은 책이 많으니까요. 하지만 그건 영원히 끝이 없을 것 같습니다. 나와 함께 욕심을 참으며 아끼면서 살아갑시다.

가끔은 내 생각을 해주십시오. 그렇지 않으면 화를 내겠습니다.

1917년 10월 8일

쓰카모토 후미에게

며칠 전에는 다바타로 편지를 보내줘서 고맙습니다.

만나서 이야기를 할 수는 없지만, 그래도 만나서 함께 있고 싶습니다. 이상합니까? 정말 이상하지만, 그래도 그런 기분이 듭니다. 웃으면 안 됩니다.

그리고 또 이상한 것은 후미의 얼굴을 상상할 때면 내게 꼭 떠오르는 얼굴이 하나 있습니다. 어떤 얼굴이냐고 하면 말하기가 어려운데, 어쨌든 미소를 짓고 있는 얼굴입니다.

나는 가끔 그 얼굴을 머릿속에 떠올립니다. 그리고 괴로울 정도로 후미를 생각합니다. 그럴 때는 괴로워도 행복합니다.

나는 모든 것이 행복할 때, 가장 불행한 것을 생각합니다. 그렇게 해서 만에 하나 불행해졌을 때를 대비해 마음을 단련하는 것입니다. 그 불행한 때란 후미가 내게 오지 않는 것입니다.

이제 늦었으니 (새벽 한 시) 이만 줄이겠습니다. 후미는 벌써 잠이 들었겠지요. 잠들어 있는 모습이 보이는 것만 같습니다.

만약 내가 거기 있다면, 좋은 꿈을 꾸는 마법을 걸며 살며시 눈꺼풀 위를 쓰다듬어줄 텐데요. 그럼 이만.

1917년 11월 17일

쓰카모토 후미에게

여행 중인데도 편지를 써줘서 고맙습니다. 10일 아침 다섯 시나 다섯 시 반쯤에는 아직 잠이 덜 깨 기차가 오후나를 지나가는 것도 모른 채 자고 있지는 않았습니까? 나는 그때 완전히 잠에서 깨어 후미를 생각하고 있었습니다. 그리고 "피곤하죠?" 하고 후미에게 말을 걸었습니다. 그런데도 후미는 대답도 없이 내가 있는 곳을 그냥 지나쳐간 것 같은 기분이 듭니다.

마침 구메가 와 있어 잠을 깨우지 않으려고 살며시 일어나 세수하러 갔습니다. 노랗게 퍼져가는 산꼭대기에 연푸른 하늘이 보이고, 조금 쓸쓸한 기분이 들었습니다. 그리고 후미는 지금쯤 요코하마에 도착했겠구나, 하고 생각했습니다. 그때쯤에는 후미도 분명 잠이 깼을 테지요. 내가 "안녕" 하며 놀렸더니 나를 흘겨본 것 같은 느낌이 들었거든요.

다음에 어머니와 함께 꼭 한번 오십시오. 그때 천천히

이야기합시다. 언제까지나 단둘이서만 이야기하고 싶은 마음입니다. 그리고 키스하면 좋겠지만, 싫다면 하지 않겠습니다. 요즘 나는 후미가 과자라면 머리부터 먹어버리고 싶을 만큼 사랑스러운 느낌이 듭니다. 거짓말이 아닙니다. 후미가 나를 사랑해주는 것보다 두 배 세 배 내가 더 사랑하고 있는 것 같은 느낌이 듭니다.

무엇보다 빨리 하나가 되어 사이좋게 살아갑시다. 그리고 그것을 기대하며 힘내서 살아갑시다.

1918년 1월 23일

쓰카모토 후미에게

2월 2일*이 점점 다가오고 있습니다. 빠른 것도 같고 느린 것도 같습니다. 이제 정말 이주일밖에 남지 않았다고 생각하니 놀라지 않을 수가 없습니다.

후미는 기분이 어떻습니까? 나는 그날의 일을 이것저것 상상하고 있습니다. 그리고 조금 불안한 느낌도 듭니다. 왠지 아직 준비도 되지 않은 상태로 진검승부의 장소에 내던져진 듯한 기분도 듭니다. 하지만 그런 생각보다는 기쁜 마음이 더 큽니다. 결혼할 때 가져올 물건과 함께 후미가 잊지 말고 가져와야 할 것이 있습니다. 그건 바로 내가 보낸 편지입니다. 나도 후미에게 받은 편지를 모아서 가져갈 것입니다. 그 두 묶음을 한데 모아 어딘가에 넣어두고 언제까지나 둘이서 소중히 간직합시다. 그러니까 꼭 잊지 말고 가져오십시오.

* 1918년 2월 2일 아쿠타가와는 후미와 결혼했다.

왠지 이렇게 편지를 쓰고 있는 것이 답답하다는 느낌이 듭니다. 어서 후미의 얼굴을 보고 싶다, 어서 후미의 손을 잡고 싶다, 그런 생각을 하고 있으니, 이주일이라는 시간이 마치 눈에 보이지 않는 돌벽 같다는 생각이 듭니다.

지금 이렇게 편지를 쓰면서 작은 목소리로 "후미짱" 하고 말해보았습니다. 학교 교무실이고 선생들이 많이 있지만 작은 목소리여서 아무도 모릅니다. 또다시 작은 목소리로 "후미코" 하고 말해보았습니다. 후미와 결혼하면 이렇게 불러야지, 하고 생각하고 있습니다. 이번에도 아무도 못 들었습니다. 옆자리에 와이딩이라는 미국인이 책을 읽다가 졸고 있습니다. 그래서 갑자기 좀 더 큰 목소리로 후미의 이름을 불러보고 싶어졌습니다. 물론 불러보고 싶었을 뿐, 실제로 부르지는 않았으니까 괜찮습니다. 안심하십시오. 그저 당장에라도 후미의 얼굴이 보고 싶은 마음입니다. 잠깐이라도 좋으니까 보고 싶습니다. 그리고 그렇게 할 수 없으니까 짜증이 납니다.

결혼식 날에 시나가와에서 다바타까지 인력거로 오려면 힘들겠군요. 꽤 먼 거리일 겁니다. 하지만 인력거 외에는 방법이 없군요. 자동차는 도자카에서 더 들어갈 수가 없으니까요. 나라면 도중에 인력거 안에서 꾸벅꾸벅 졸지도 모르겠습니다.

지쇼켄*에 가면 너무 쑥스러울 것 같은데, 어찌해야 할지 모르겠습니다. 후미는 아무렇지 않습니까? 하지만 평생에 한 번이니까 쑥스러운 것도 참아야 하겠지요. 어쨌든 이 모든 일이 앞으로 이주 후에 올 것입니다. 그날은 날씨가 화창했으면 좋겠네요. 어쩐지 모든 게 다 신경이 쓰입니다. 시간이 나면 편지를 써주십시오.

* 아쿠타가와의 결혼식 피로연 장소.

1919년 11월 11일

오다 도시오에게

자네 편지는 유쾌하게 읽었네. 자네는 내게 왜 그렇게 세상을 냉담한 눈으로 보는지 물었는데, 그건 자네로서는 충분히 할 수 있는 말이라고 생각하네. 하지만 현재 내 작품에도 드러나듯이, 나는 세상을 사랑할 수 없기 때문에 어쩔 수가 없네. 그뿐 아니라 나는 큰소리로 사랑을 외치는 사람의 작품은 무책임한 거짓말 같은 느낌마저 든다네.

나는 세상의 어리석음을 지적하지만 그 어리석음을 공격하려는 마음은 없네. 나도 그런 세상 사람들 중 하나이니까. 그저 그 어리석음(타인의 어리석음과 동시에 나 자신의 어리석음)을 웃으며 바라보고 있을 뿐이지. 내가 그 이상으로 세상을 사랑한다거나 미워한다면 나는 나 자신을 속이게 되는 것이네. 스스로를 속일 정도라면 소설은 쓰지 않겠네.

말하자면 나는 세상에 연민을 느끼지만 사랑을 느끼지

는 않네. 또한 동시에 풍자하기는 해도 미워하지는 않네. 이런 나의 태도는 지금의 자네가 보기에는 불만스러울 수도 있겠지만, 시간이 자네를 조만간 거기까지 인도하겠지.

나는 교사 일을 그만두고 성장했네. 학교 일은 정말이지 싫었다네. 그래서 학생들도 지금은 잘 기억나지 않네. 기억하는 건 1학년 때부터 가르쳤던 자네 반 학생들 정도네. 자네의 건강을 빌겠네.

아쿠타가와를 추억하며

다른 세상으로 보내는 엽서

사토 하루오

아쿠타가와 군.

자네의 훌륭한 작품집이 만들어질 것이네. 자네는 이 책이 나오기를 기대하고 있었다 하지 않았나. 자네는 왜, 하다못해 이 책이 나올 때까지만이라도 기다려주지 않은 건가. 그리고 또 왜, 여기에 자네의 펜으로 서문을 쓰지 않은 건가. 자네가 직접 쓰지 않은 바람에 내가 이렇게 어설픈 글을 쓰고 있지 않은가. 하지만 나도 힘드네. 자네의 유족들과 오아나 군이 원하고는 있지만, 자네의 책을 장식할 만한 글을 과연 내가 쓸 수 있을까. 하지만 나도 이 책을 위해 딱 하나 공헌한 것이 있다네. 그건 말이지, 이 책의 교정쇄를 읽다가 오자 하나를 발견해 고쳐놓았거든. 물론 이 공헌도 이런 글을 책 권두에 써서 자네의 아름다운 책을 더럽히는 죄를 상쇄할 수는 없을지도 모르네. 억울하면 와서 내 부족함을 말해주게. 아니면 이 문장을 오늘 밤 내 머리맡에 놓아둘 테니까, 이 글이 어설프다면, 어떻게 쓰면 좋을지, 와서 그것 하나만 내게 가르쳐주게나. 윌리엄 블레이크의 형제가 윌리엄에게 그랬듯이.

자네는 이제 우리에게 볼일이 없을지 몰라도, 나는 한 번 더 자네를 만나고 싶네. 만나서 이야기하고 싶네. 하지만 나는 그렇게 쉽게는 — 자네가 그랬던 것처럼 눈 딱 감고 자네에게로 갈 수는 없네. 그러니까 자네가 한 번 와주면 좋겠네 — 꿈에든 현실에든. 자네가 싫어했던 개는 침실에 못 오게 할 테니까. 자네는 개를 무척이나 좋아하는 도련님에게 내 이름을 붙였지*. 자네가 글을 쓰면서 한순간 나를 생각해준 기록이 남은 것 같아 나는 그게 이상하게 기쁘다네.

엽서라서 오늘은 이만 쓰겠네. 조만간 자네 앞으로는 좀 더 길게 쓰겠네.

아래 세상에서
1927년 10월 10일 밤
사토 하루오

* 아쿠타가와는 단편 〈시로〉에 등장하는 개를 좋아하는 도련님에게 '하루오'라는 이름을 붙였다.

사토 하루오 (佐藤春夫) 1892~1964

시인, 소설가. 소설, 시, 희곡, 수필, 평론 등 여러 방면에서 작품 활동을 했다. 《전원의 우울》, 《권태 독본》 등 권태와 우울을 다룬 소설과 탐미적인 성격의 시를 비롯해 많은 작품을 남겼다. 아쿠타가와 사후, 그의 전집 편집에 참여했다.
이 글은 아쿠타가와의 사후에 출간된 동화집 《세 가지 보물》 권두에 실린 글이다.

아쿠타가와 군의 추억

하기와라 사쿠타로

나는 얼마 전에 아쿠타가와 군의 전집을 처음으로 통독했다. 그가 세상을 떠나기 전에 우리는 자주 토론을 벌였는데, 때로는 싸움이 벌어질 만큼 의견 차이가 심할 때도 있었다. 하지만 솔직히 고백하면 나는 그의 작품을 그다지 많이 읽지 않았다. 그래서 툭하면 아쿠타가와에게 호된 반격을 당했다. "자넨 내 작품을 전혀 안 읽는군." "자네가 언젠가 내 전집을 읽어준다면!"

사실 나는 아쿠타가와 군과 사귀면서도 그의 충실한 독자가 아니었던 것이 내내 부끄러웠고 마음에 걸렸다. 하지만 그 이유는 내가 그의 작품을 좋아하지 않았기 때문은 결코 아니다. 오히려 아쿠타가와 류노스케와 다니자키 준이치로는 내가 소설을 감상하는 유일한 두 명의 작가였다. 대체로 나는 소설이라는 문학을 무척 싫어한다. 문학 중에서 내가 읽고 싶은 것은 '시'와 '평론' 둘뿐이다. 소설이란 따분하고 하찮은 걸 세세히 쓴 글이라서 읽다 보면 지루해지고, 나처럼 결론을 서두르는 성질 급한 사람은 전혀 읽고 싶은 마음이 들지 않는 문학이다. 그중에서도 특히 신변잡기 같은 시시한 내용을 할머니의 푸념처럼 구구절절이—문단의 표현으로 말하면 극명하게— 써 내려가는 일본 문단의 소설은 의무감으로라도 읽을 수가 없다. 내친김에 하는 말이지만, 그런 무의미하고 따분한 문학을 심경소설이라는 둥 본격소설이라는 둥 이름을 붙이며 고마워하고 있는 문단은 세계적으로도 특수한 일이고 바보스러움의 한계를 모르는 것이다.

이렇게 소설을 싫어하는 나이지만, 그래도 흥미가 생겨 읽는 작품도 있다. 그 보기 드문 예외는 앞에서 말한 대로 유일한 두 명의 작가, 즉 아쿠타가와 류노스케와 다니자키 준이치로의 소설이다. 이 두 소설가는 기질이 여러 면에서 상반된 사람들로, 견해에 따라서는 지구의 양극을 대표할 만큼 대조적이지만, 문학의 어느 본질적인 점에서는 입장이 완전히 똑같을 때가 있다. 하지만 이런 인물평은 여기서 논할 바가 아니다. 어쨌든 이 두 작가만큼은 일본 문단의 예외이고, 신변잡기 같은 따분한 수다를 쓰지 않는다는 것만으로도 내게 흥미를 불러일으킨다.

그런 이유로, 내 입장에서 보면 아쿠타가와 군의 작품

을 많이 읽는 편이기는 하지만, 본래 다독하는 성격이 아니어서 대체로 남들의 십 분의 일도 읽지 않는 편이다. 그러니 엄격한 의미에서 보면 내가 아쿠타가와 군의 글을 "전혀 안 읽는다"라는 말은 사실이었다. 그래서 나는 항상 우정에 대한 빚을 느꼈고, 언젠가는 그것을 변상하려고 생각했다. 그뿐 아니라 최근 나는 아쿠타가와 군에 대한 정이 점점 깊어졌다. 요즘은 생각하면 생각할수록 그의 자살에는 깊은 의미가 있다고 여겨지고, 고인의 인격에 대한 생각이 깊어진다.

예전에 그가 자살했을 때, 나는 감정이 격해져 장문의 글을 써 잡지 《개조》에 실은 적이 있다. 그때의 논지는 대체로 지금과 변함이 없어, 특별히 수정해야 할 만한 새로운 의견은 없다. 하지만 당시 그 원고를 탈고한 후에 느꼈던 뭐라 말로 표현할 수 없는 불만과 불만족은 그 뒤로도 계속되었고, 그 생각은 날이 갈수록 점점 더 깊어졌다. 왠지 어느 지점 어딘가에서 나는 아쿠타가와의 핵심에 닿지 못했다. 적어도 어느 점에서 나는 그 문학가를 잘못 알고 있었다. 그리고 어떤 이유도 없이 날마다 이 생각이 깊어지는 것을 느꼈다.

그런데 최근 개조사에서 나온 아쿠타가와 군의 대표작을 거의 실은, 그의 전집이라고 부를 만한 것을 통독했다.

그리고 나는 참으로 분개하며 탄식했고, 과거에 내가 가졌던 아쿠타가와관(觀)의 대부분이 천박하고 모자란, 잘못된 생각에 지나지 않았음을 발견했다. 아쿠타가와 류노스케는 정말로 내가 예전에 생각한 것보다 훨씬 더 다른 종류의, 숭배하고 애모해야 할 문학가였다.

무엇보다 내가 놀란 것은, 그의 모든 작품에 걸쳐, 비통한 인간적 삶이 열정의 이를 갈며 외치고 있고, 어떤 허무한 투쟁 의식이 문학 구석구석에까지 피를 토하고 있다는 것이다. 나는 일찍이 그의 그런 문학적 소질 중의 하나를 〈갓파〉 속에서 발견했다. 하지만 지금 생각해보니, 그의 작품은 대부분 그와 같은 기개와 열정으로 일관되어 있다. 게다가 오늘날까지 내가 그걸 몰랐던 것은 나의 독서 태만 때문이며, 또 한편으로는 그의 작품을 단편적으로밖에 읽지 않았기 때문이다. 만약 그의 전집을 전부 읽는다면, 아마 모든 독자가 그의 마음속에 흐르는 진정한 작가적 모티프를 발견할 수 있을 것이다.

이것을 발견하고 나서 나는 또다시 아쿠타가와 류노스케의 모든 모습을 떠올렸다. 그랬더니 생전의 그의 모든 삶이 딱딱 맞아떨어졌다. 예를 들면 그는 오늘날 일본 문단에서 아마 누구보다도 열심히, 게다가 가장 먼저 사회주의를 연구하고 마르크스 이론에 정통한 사람이었을 것이다. 그리고 기성 문단의 대가들 중에서 소위 프롤레타리아 문학에 이해와 공감을 한 유일한 사람이었다. 또 다른 예로, 그는 예전에 내 서정시《향토망경시(鄕土望景詩)》에 감격해 꼭두새벽부터 잠옷 차림으로 집을 뛰쳐나갔다. 내 쓸쓸한 과거를 노래한 그 시는 비탄과 울분에 가득 차 있는 것이었다.

이제 와서 나는 이 '인간적인, 너무나 인간적인' 작가—그런 작가는 지금 일본의 기성 문단에서는 완전히 보기 드문 예다—를 생각하며 진정으로 애모를 느낀다. 아쿠타가와 군 같은 문학가는 단순히 천재로 불려서는 안 된다. 인간적인 삶을 고민한, 진짜 인간적인 작가로 불려야 한다. 나는 정말이지 일본 문단의 기교적 문학에 질려버렸다. 그저 재능만으로 쓰는 소설이 아니라, 아쿠타가와 군처럼 영혼과 열정으로 글을 쓰는 진짜 인간적인 문학가는 앞으로 점점 더 볼 수 없을 것이다. 그뿐 아니라 아쿠타가와 군이 생전에 사람들에게 전혀 이해받지 못하고, '문인'이라는 잘못된 이름으로 불리며, 심지어 '기교파'의 범주로 논해졌다는 것을 생각하면, 세평이 얼마나 엉터리인 데다 천재가 이해받기 어렵다는 사실을 절실히 통감하지 않을 수 없다. 그렇다! 아쿠타가와 군은 누구에게도 이해받지 못하고 고독 속에서 비통하게 생을 마감한 것이다.

하기와라 사쿠타로 (萩原朔太郎) 1886~1942

시인. 구어 자유시를 완성하여 근대시의 새로운 지평을 연 시인으로 일본 근대시의 아버지로 불린다. 첫 시집 《달에게 짖다》로 큰 호평을 받고 명성을 얻었다. 대표작으로 《푸른 고양이》, 《순정소곡집》 등의 시집이 있다.
바타에 살고 있던 아쿠타가와가 나쓰메 소세키의 절찬을 받으며 유명해지자 문인들이 그곳으로 모여들었다. 그렇게 생겨난 것이 다바타 문인촌으로, 아쿠타가와는 그 문인촌의 중심인물이었다. 하기와라는 친구 무로 사이세의 권유로 이 마을로 오게 되면서 아쿠타가와와 인연을 맺게 된다. 아쿠타가와는 하기와라가 다바타에 온 것을 매우 기뻐하며, 친구 사토 하루오에게 "하기와라 사쿠타로가 다바타에 왔다네. 이 동네가 아주 시적이 되었어."라고 편지를 보냈다고 한다.

아쿠타가와 군과의 교제

하기와라 사쿠타로

내가 아쿠타가와와 사귀기 시작한 것은 그가 죽기 불과 이삼 년 전부터였지만, 질적으로는 꽤 깊은 데까지 파고든 교제였다. "자네를 좀 더 일찍부터 알았더라면 좋았을 텐데." 하고 아쿠타가와도 종종 말하곤 했다. 나 역시 같은 생각이었기 때문에 갑작스러운 그의 자살 소식을 들었을 때는 마치 배신을 당한 것 같은 분노와 쓸쓸함을 느꼈다.

아쿠타가와 군의 성격은 한편으로는 사교적인 소질이 있었기 때문에 그에게는 친구가 무척 많았다. 하지만 진심을 털어놓을 수 있는 친구는 의외로 적은 것 같았다. 언젠가 내게 "내 과거의 회한은 친구가 별로였다는 거야."라는 뜻의 말도 진지하게 한 적이 있다. 그러니까 아쿠타가와 군은 자신과 반대의 성격이면서, 자신이 이데아로 생각하는 것을 구체적으로 표현해주는 그런 친구를 바랐다. 항상 기쿠치 간 씨를 경애하며 그를 '영웅'이라고 부른 것도 역시 자신과는 성격이 반대여서인데, 이를테면 신경이 예민한 보들레르가 호방하고 세속적인 위고를 숭경했던 것과 같다. 하지만 아쿠타가와 군 주변에 모이는 사람들은 대개 그와 비슷한 인물들뿐이었기 때문에, 비록 교제는 넓었을지언정 마음은 고독하고 쓸쓸했을 것이다.

이런 아쿠타가와에게 무로 사이세나 나 같은 사람은 분명 색다른 친구였다. 특히 무로 군에게는 특별한 경이로움을 느꼈던 듯한데, "그렇게 희한한 사내는 본 적이 없어."라는 말을 종종 하곤 했다. 아쿠타가와 군처럼 지식인형의 수재에다가 문명인의 섬세한 신경 탓에 사교적인 예절에 특히 마음을 쓰던 사람에게, 무로 군 같은 자연인의 야성이나 소박한 성격은 분명 유쾌한 경이로움이자 영웅적으로까지 보였을 것이다. (그 당시의 무로 군은 지금보다 훨씬 야성적이었다.) 하지만 무로 군은 그런 자신의 야성을 무척 수치스러워해서 '교양 있는 신사' 같은 사람을 이상형으로 생각했기 때문에, 교양이나 취미 면에서 문화적으로 잘 정제된 아쿠타가와 군을 세상에서 보기 드문 이상적인 인물로 생각했다. 내가 아직 아쿠타가와 군을 잘 알지 못했을 때, 무로 군은 종종 내게 "그 사람만큼 문명인이고, 그 사람만큼 예의 바른 인물은 본 적이 없어."

하며 매번 감탄의 말을 쏟아냈다. 무로 군이 만년에 교양과 취미생활을 익힌 것은 아쿠타가와 군과 사귀면서 배운 영향이 분명 있었다.

나와 교제하면서 아쿠타가와 군이 무엇에 흥미를 느꼈는지는 알 수 없다. 아마도 내 성격 속의 허무주의적인 경향이나 무정부주의적인 기질 같은 것에 특별한 관심을 가졌을 것이다. 〈갓파〉가 잡지에 실렸을 때 내가 찬사를 보내자, 아쿠타가와 군은 "자네가 읽어주기를 바랐네."라고 말했다. 그 뒤에도 신작이 나올 때마다 내 의견을 자주 물었고, 나의 엉터리 같은 독단적인 비평을 열심히 경청해주었다. 한편 아쿠타가와도 내가 쓴 시를 자주 읽고 때로는 적절한 비평을 해주었다. 내 시 중에서는 향토망경시 몇 편이 가장 마음에 들었던지 입에 침이 마르도록 칭찬해주었다.

아쿠타가와 군은 다른 여러 친구들에게 항상 사회인다운 농담이나 우스갯소리를 했다고 한다. 하지만 나와 만날 때는 한 번도 그런 이야기를 하지 않았다. 나처럼 촌스러운 시골뜨기는 농담을 이해하지 못할 거라고 생각했을 것이다. (실제로 그랬다.) 아쿠타가와 군과 나는 언제나 삶의 의미를 회의하고, 삶과 죽음의 문제를 논하고, 종교와 철학에 관해서만 이야기했다. 이러한 모든 문제에 아쿠타가와 군은 매우 회의적이었고, 또 절망적이다 싶을 만큼 허무주의적이었던 것 같다. 그런 점에서 내 사상은 아쿠타가와 군과 비슷한 부분이 많았다. "자네와 나는 문단에서 가장 닮은 두 시인이야." 하고 아쿠타가와 군은 늘 말했다. 그는 스스로를 '시인'이라고 불렀기 때문이다. 하지만 사실 아쿠타가와 군이 내게 흥미를 느낀 이유는 역시 무로 군과 마찬가지로 내 기질 속의 야성적 솔직함 때문이었을 것이다.

가마쿠라에 살고 있을 때, 어느 날 밤늦게 아쿠타가와 군이 찾아왔다. 도쿄에서 후지사와로 차를 타고 가는 도중에 잠시 들렀다고 했다. 밤 열한 시쯤이었다. 잠옷 바람으로 일어난 나는 어둡고 음울한 전깃불 아래에서 그와 한 시간쯤 이야기를 나누었다. 그러다 갑자기 아쿠타가와 군이 손바닥을 펼치더니 내게 보여주며, "어때? 손가락이 떨리고 있지? 신경쇠약의 증거야. 자네도 해봐." 하고 말했다. 그리고 잠시 동안 사후생(死後生)에 관한 이야기를 하며 매우 엄숙한 표정을 짓더니 갑자기 웃음을 터뜨리며 말했다. "자살하지 않는 염세주의자의 말 따위, 맞을 리가 있겠나." 그러고는 허둥지둥 도망치듯 돌아갔다.

가마쿠라에서 있었던 그날 밤의 일은 지금도 섬뜩한 느낌이 들며 잊을 수가 없다. 밤 열한 시, 뜻밖의 자동차, 어두침침한 전깃불, 가늘고 긴 다섯 개의 손가락, 사후 이야기, 풀어헤친 긴 머리, 창백한 병든 얼굴, 그림자처럼 사라져 간 뒷모습. 그 모든 인상이 마치 악몽처럼 느껴졌다.

"아유, 무서워!" 그가 돌아간 후 아내가 말했다. 하지만 나는 그때까지도 그가 자살을 결심했다는 것을 알아차리지 못했다. 그저 그가 즐겨 사용하는 '귀(鬼)'라는 글자가, 그의 아호*에도, 문학에도, 또 그의 외모에도 잘 어울린다는 느낌만 강하게 들었을 뿐이다.

* 아쿠타가와가 하이쿠를 지을 때 쓰던 아호가 '아귀(我鬼)'였다.

일화 하나

고미야 도요타카

아쿠타가와 군이 세상을 떠나기 전 해 봄이었다. 그가 가이조샤 출판사의 요청으로《현대 일본 문학 전집》을 홍보 강연하기 위해 홋카이도로 떠나는 길에, 센다이에 있는 나를 찾아왔다. 우리는 오타 군의 집으로 가 셋이서 점심을 먹고 헤어졌다.

아쿠타가와 군은 우리 집에서 이런저런 이야기를 했다. 규슈 대학으로 오라는 말을 들었는데 어떻게 할지 생각 중이라고도 했다. 나는 "좋은 일이네. 자네는 매우 지쳐 있는 것 같으니, 당분간 쉰다고 생각하고 갔다 오게." 하고 권했다. 하지만 아쿠타가와 군은 확실한 대답은 하지 않았다.

아쿠타가와 군은 센다이에 머무는 동안 사토미 군과 함께 지냈던 것 같다. 사토미 군은 고지마를 만나러 가겠다고 하고 그는 나에게 오겠다고 해서, 결국 따로따로 행동하게 된 것이다. 그때 아쿠타가와가, 나는 고지마를 보는 게 어색하고, 사토미 군은 선배를 보는 게 어색한 것 같다, 그런데 나는 선배를 보면 첫 남자와 재회하는 여자와 같은 심정이 든다, 라고 나에게 말했다. 그 말은 잠깐 나를 당황스럽게 했다. 여자에게 첫 남자란 꼭 그리움의 대상이 아닐 수도 있기 때문이다. 어떤 여자는 그 남자에게 증오밖에 느끼지 않을지도 모른다. 나는 "사실은 나도 조금 그런 기분이 드네." 하고 대답하지 않을 수 없었다.

——

아쿠타가와 군이 《신사조》에 〈코〉를 발표하고 나서 나쓰메 소세키 선생의 목요회*에서 유명해진 후에 그의 소설을 처음으로 사겠다고 한 잡지는 《신소설》이었던 것으로 기억한다. 그것은 당시 《신소설》의 고문으로 있던 스즈키 미에키치의 지시였다. 그렇게 해서 완성된 소설이 〈마죽〉이었다.

그때 나는 《시사신보》의 요청으로 그달의 소설 비평을 쓰기로 되어 있었다. 당연히 나는 아쿠타가와 군의 소설을 다루었다. 어쩌면 그것이 공개적인 자리에서 내가 처음으로 아쿠타가와 군의 소설을 비평한 것이었을 테다. 적

* 소세키 산방으로 불리던 소세키의 서재에서 매주 목요일에 제자들이 모여 문학 토론을 벌이던 모임.

어도 아쿠타가와 군은 나의 그 비평을 그렇게 기억하고 있었을 것이 분명하다. 그렇지 않았다면 아쿠타가와 군이 나를 보며 자신을 '첫 남자와 재회하는 여자'에 비유했을 리가 없다.

그런데 내 비평은 아쿠타가와 군의 소설을 마냥 칭찬만 한 것은 아니었다. 자세한 내용은 잊어버렸지만 나는 내 비평 말미에, 머리가 좋은 사람이 자신은 돌아보지 않고 남의 결점에만 신경 쓴다면 그 사람은 분명 버나드 쇼처럼 될 것이다, 아쿠타가와 군이 버나드 쇼처럼 되리라고는 생각하지 않지만 조심할 필요는 있다, 라는 말을 덧붙였다. 나중에 생각해보니 그것은 쓸데없는 참견이었다. 게다가 그 말 속에는 왠지 친절한 것 같으면서도 일종의 악의가 꿈틀거리고 있었다는 것도 부인할 수 없다. 하지만 나는 그때 제법 아쿠타가와 군의 급소를 찔렀다는 생각에 의기양양했던 것 같다.

그런데 그것이 나쓰메 선생의 날카로운 눈에 띄게 된 것이다. 다음번 목요회 때 선생을 찾아갔더니, "자네는 아쿠타가와를 비평하면서 버나드 쇼에 대해 썼더군. 그러면 안 되네." 하고 불쑥 잔소리를 들었다. 그런데 그때 그 자리에 함께 있던 아쿠타가와 군이 곧바로 "아닙니다. 그건 머리가 좋은 사람이 자신을 돌아보지 않으면 버나드 쇼처럼 된다는 말이지 저를 쇼라고 말한 건 아닙니다. 저와 쇼는 다르다고 쓰여 있습니다." 하고 나를 대신해 대답해주었다. 선생은 그 뒤로 말이 없었다. 나도 아무 말도 하지 않았다. 하지만 나는 뭔가 아쿠타가와 군에게 멋지게 한 방 먹은 것 같은 기분이 들었다.

물론 이것은 당시 내가 그렇게 느꼈을 뿐, 그 느낌이 맞는지 아닌지 확실한 것은 알 수 없다. 더구나 그런 건 그리 오래 기억할 만한 일도 아니다. 나는 그 일을 어느새 잊어버렸다. 그런데 아쿠타가와 군이 갑자기 나를 찾아와서 불쑥 건넨 그 말은, 또다시 나를 1916년 가을, 소세키 산방에서 열린 목요회의 그날 밤으로 데려가, 그때 경험했던 모든 것들을 생생히 다시 경험하게 하기에 충분한 것이었다. 나는 당시 내가 아쿠타가와 군에게 품었던, 사랑과 미움이 뒤섞인 이상한 감정을 떠올렸다. 그리고 어쩌면 아쿠타가와 군도 그때의 그런 감정을 기억하고 있었기에 굳이 그런 묘한 비유를 든 게 아닐까, 라고 생각하지 않을 수 없었다. 또한 그런 생각이 드는 동시에 나는 순수한 애정에서만이 아니라, 이를테면 사랑과 미움이 뒤섞인 이상한 욕망으로 여자에게 상처를 준 인간이, 감정이 가라앉은 후에 느낄 것 같은 마음의 아픔을 문득 느꼈다. 아쿠타가와의 그 말에, "나도 조금 그런 기분이 드네."라고 내가 대답한 것은 사실 그때의 악의에 대한 후회, 또는 은밀한 사죄의 심정도 조금은 섞여 있었던 것이다.

그것이 아쿠타가와 군에게 전해졌는지 어떤지는 모르겠다. 무엇보다 아쿠타가와 군에게, 그런 의미를 담아 그런 비유를 들었는지 아닌지, 찬찬히 물어보고 싶지만 이제는 어찌할 수도 없다.

고미야 도요타카 (小宮豊隆) 1884~1966

독문학자, 문예평론가. 도쿄대학 독문과 재학 시절 소세키의 문하생이 되었다. 소세키에게 독일어를 가르치기도 했고 소설 《산시로》의 모델로 알려져 있다. 소세키의 전집과 전기 등 여러 소세키 관련 저작물의 편찬에 힘을 썼다. 소세키 연구자로서 그를 숭배하는 마음이 지나쳐 '소세키 신사의 신관'이라고 놀림을 받기도 했다.

아쿠타가와의 원고

무로 사이세

아직 그다지 친한 사이는 아니고 아마 내가 세 번째 방문했던 날, 아쿠타가와의 서재에는 먼저 온 손님이 있었다. 그 손님은 어느 잡지사의 기자인 듯, 아쿠타가와에게 원고를 써 달라고 강하게 요구하고 있었는데, 아쿠타가와는《중앙공론》에도 써야 하는데 그것도 여태 손을 못 대고 있다며 완강히 거절했다. 그 거절하는 태도에는 일말의 희망도 보이지 않았고, 도저히 쓸 수 없다며 딱 잘라 말했지만, 손님은 거절당할 것쯤은 각오하고 왔다는 듯 여간해서는 받아들이려 하지 않고, 석 장이든 다섯 장이든 상관없으니 써 달라며 좀처럼 물러설 기미를 보이지 않았다. 아쿠타가와는 석 장을 쓸 정도면 열 장도 쓸 수 있지만 쓸거리도 없고 시간도 없으니 도저히 쓸 수 없다며 거절했다. 잡지사 기자는 그러면 한두 장이라도 좋으니까 써 달라고 했고, 아쿠타가와는 두 장으로는 소설이 안 된다고 했다. 당신 소설은 원래 짧으니까 두 장으로도 충분히 소설이 될 것이다, 오히려 재미있는 소설이 될지도 모른다며 결코 포기하지 않는 손님의 재미 반 장난 반에, 정말로 쓰지 못하는 진짜 난처함을 더하며 아쿠타가와는 도저히 못 쓰겠다고 했다. 그래도 손님은 두 장도 괜찮다고 끝까지 고집을 부리며 어떻게든 써 달라고 우겨댔다. 거절하는 쪽은 거절할 수밖에 없는 분위기가 점점 고조되었고, 온후한 젊은 잡지 기자는 어떻게든 한 장이라도 쓰게 하겠다는 열의에 눈썹이 파르르 떨렸다.

이토록 격렬하게 원고 청탁을 주고받는 모습은 나는 처음 보았다. 그때까지만 해도 소설을 쓴 적이 없었던 나는 인기 작가라는 것이 얼마나 기개 없고 잘난 체하는 사람인지 알고는 어이가 없던 적이 있었다. 그런데 그때는 나도 몰래 습작을 하며 매일 서너 장 정도의 소설을 쓰고 있던 무렵이었는데, 마침 아쿠타가와가 잡지 기자와 실랑이하는 모습을 보게 되면서, 잡지사에게 아쿠타가와라는 작가가 얼마나 대단한 사람인지 눈앞에서 확인한 것이다. 나는 그렇게 완고하게 거절할 수 있는 자신감이 왠지 무서웠다. 게다가 아쿠타가와가 거절하는 방식에는 여유로움마저 있었는데, 쉽게 거절하면서도 속으로는 미안해하거나 껄끄러워하지 않고 당당했다.

사실 작가는 아무리 바빠도 잡지 기자가 찾아오면 그날의 아쿠타가와처럼 콧대를 높이며 거절할 수는 없다. 거절하더라도 미안한 말투로 하는 것이 예의다. 아쿠타가와는 떠오르는 태양처럼 명성이 높았고, 잡지에 실리는 겨우 두세 장짜리 소설이라도 책의 말미를 장식할 만한 화려함을 지니고 있었기에, 잡지 기자가 이렇게까지 애쓰는 심정은 헤아릴 수 있었다. 결국 기자는 다음 달 호에는 쓰겠다는 확약을 받고서야 겨우 자리에서 일어났다. 화를 내거나 실망한 기색도 없이 오로지 성실함만이 보이는 이 사람이, 지금도 잡지사《개조》에서 근무하고 있는 요코세키 아이조 씨라는 것을 나중에야 알게 되었다. 그 시절에도 그렇게 완강하게 원고를 거절하는 사람은 아무도 없었지만 지금도 이런 식으로 거절하는 작가는 한 사람도 없을 것이다.

잡지 기자는 작가에게 원고를 요청할 때는 부디 잘 부탁드린다고 하고, 완성된 원고를 받을 때는 고맙다고 인사하는 사람이다. 이럴 때 작가의 위치가 기자보다 높은 것 같지만, 사실 작가에게 잡지 기자는 두려운 사람 중의 하나로, 가장 먼저 자신의 원고를 읽고 글이 좋은지 나쁜지를 정하는 사람이다. 작가라는 마술사가 자신이 처음으로 부리는 마술을 꿰뚫어 보는 기자에게 어설픈 마술을 내미는 건 있을 수 없다. 기자는 원고의 글자가 배열된 것만 한번 봐도 내용이나 작품의 깊이 등을 바로 읽어내는 감을 지녔기 때문에 방심할 수 없는 두려운 사람인 것이다.

인기 작가 아쿠타가와 류노스케는 그 괴상한 이름이 오히려 역효과를 보이며 명성이 정점에 달해 있었다. 그날 그는 그 자리에 함께 있던 내 앞에서 자신의 대단함을 보여주려는 기색 따위는 전혀 없이, 그저 쓸 수 없는 글을 거절하는 진지함과 점점 고조되는 당혹감을 보이고 있었다. 요코세키 아이조 씨가 그렇게 끈질기게 부탁한 것도 아마 야마모토 사네히코 씨*의 엄명을 받았기 때문이었을 것이다.

《중앙공론》의 다키타 데쓰타로 씨만큼 아쿠타가와의 원고를 기쁜 마음으로 읽은 사람은 드물 것이다. 매일 저녁 사람을 보내 원고 서너 장을 받아오면, 그것을 아주 소중히 보관하고 마치 유명 화가의 그림인 양 어루만진 것 또한 원고의 역사를 뒤돌아보아도 드문 일일 것이다. 손때가 묻어 살짝 더러워진 아쿠타가와의 원고가 다키타 씨에게는, 조금 과장해서 말하자면, 어지러이 돌아다니는 구

* 그 당시 《개조》의 대표.

름과 학 사이를 헤매는 인간처럼 보였을 것이다. 평생을 문학가가 쓴 글의 가치를 꿰뚫어 보며 살았던 그는 그 원고를 표구사에 부탁해 뒤쪽에 종이를 덧대어 책으로 만들어 보관했다. 나는 그것을 한 번 본 적이 있는데, 그렇게 제본된 원고는 지금쯤 누가 가지고 있을까? 거기에는 아마 아쿠타가와가 하나하나 표제를 써놓았을 테고, 다키타 씨는 후대에 그것이 수만금의 가치가 될 거라고 속으로 생각했을 것이다. 그리고 실제로 지금 그것들은 수만금을 주지 않으면 손에 넣지 못할지도 모른다.

아쿠타가와의 원고는 덧대어 붙인 곳도 있었지만, 원고지 위에 삭제하거나 끼워 넣으며 고투를 벌인 흔적이 잘 드러나 있어 장렬한 느낌이 들었다. 원고가 술술 써지지 않아서 그랬는지, 한번 잘못 쓰면 몇 장이고 고쳐 쓴 것도 있었다. 잘못 쓴 원고의 장수가 완성된 것보다 훨씬 많았는데, 아쿠타가와는 그것을 버리지 않고 모아서 책상 한쪽 모퉁이에다 쌓아놓았다. 나쓰메 소세키도 잘못 쓴 원고는 버리지 않고 보관했다고 하는데, 소세키를 보고 배워서 그랬는지도 모르겠다.

무로 사이세 (室生犀星) 1889~1962

시인, 소설가. 1918년 동인 모임에서 아쿠타가와를 알게 되었고, 절친 하기와라 사쿠타로를 아쿠타가와에게 소개해 셋이서 깊은 우정을 나누었다. 아쿠타가와는 자살하기 하루 전 무로를 찾아갔지만 그는 집에 없었다. 무로는 후에 "내가 집에 있었더라면 그의 이야기를 듣고 자살을 말릴 수도 있었을 텐데."라며 탄식했다고 한다.

〈코〉와 아쿠타가와 류노스케

구메 마사오

우리가 고등학교에 들어간 해는 1910년으로, 내가 처음 아쿠타가와를 만난 것은 그해 6월인가 7월이었을 것이다. 고등학교 시험을 통과한 사람과 무시험으로 입학한 사람의 신체검사가 있었을 때였는데, 아쿠티가와 류노스케는 아마 나보다 하나인가 둘인가 앞 번호였다. 무척이나 마르고 유난히 입술만 붉은 것이 눈에 띄었다. 그리고 같은 해 9월에 고등학교에 입학했는데, 아쿠타가와의 성적은 3등인가 4등이었고, 나는 무시험 입학으로 8등이었다. 시험을 친 사람 중에서 1등은 지금 교토대학에 있는 쓰네토 교이고, 2등인가 3등이 기쿠치 간이었을 것이다.

아쿠타가와와 내가 진심으로 이야기를 나누게 된 것은 고등학교를 졸업할 무렵이나 대학에 입학한 후였다. 고등학교 시절에는 창작을 하고 싶은 마음은 없었던 것 같다. 열심히 해서 순리대로 나아갔다면 그는 대학교수가 되어

제국대학의 최고 권위자로 쭉 지냈을 것이다. 학문만 열심히 했다면 더 행복했을지 모르고, 어쩌면 자살 같은 건 하지 않았을지도 모르지만, 어찌 됐든 대단히 뛰어난 대학교수가 되었을 것은 분명하다. 다시 말해 우리와 사귀고 나서부터 그런 마음이 생겨 문학을 시작했는지, 아니면 문학을 시작할 마음으로 우리와 사귄 것인지, 어느 쪽인지는 모르겠지만, 우리처럼 그리 똑똑하지 않은 사람들의 영향을 조금은 받아 문학을 시작했을 것이다.

그는 대학 1학년 때 야마모토 유조, 도요시마 요시오, 산구 마코토 등과 함께 《신사조》를 창간하고 거기에 〈노년〉이라는 짧은 글을 썼다. 그 첫 호에는 아나톨 프랑스의 〈발타자르〉의 번역을 실었다. 영어 번역본을 번역한 것이었다. 그런데 그 당시 외국어학교의 프랑스 문학 연구 그룹에서 《뱀의 혀》라는 잡지를 내고 있었는데, 거기에도 역시 이 〈발타자르〉의 번역, 그것도 프랑스어 원서를 직접 번역한 것이 실렸다. 아쿠타가와가 문장에는 자신 있다고 했지만, 영역에서 중역한 것이어서 과연 어떨까 하며 다들 걱정했는데, 실제로 나온 것을 보니, 아쿠타가와의 것이 아예 비교도 안 될 만큼 더 훌륭했다. 아쿠타가와라는 사람이 대단하구나, 하고 그때 확실히 알게 되었다.

1916년 2월 4학년 2학기 초에, 나와 기쿠치, 나루세, 마쓰오카, 아쿠타가와 등 동기들끼리 모여, 번역은 그만두고 순수하게 창작만 하자는 생각에 《신사조》를 다시 내게 되었다. 그 무렵 기쿠치는 교토에 있었지만 그도 물론 모임에 참가했다.

그런데 우리는 그전부터 나쓰메 소세키의 문하에 들어간 상태였다. 하지만 들어갔다고는 해도, 원고를 써서 선생에게 봐달라는 것은 도저히 부끄러워 할 수 없을뿐더러, 선생도 불편해할 것이다. 그래서 글을 써서 가져가는 건 마음이 내키지 않았다. 나쓰메 소세키의 문하에 들어가 목요일마다 여러 이야기를 서로 듣는 동안, 이야기로는 인정받았지만, 선생이 우리의 재능을 알 수는 없었다. 다른 사람들은 나름대로 존재가치를 인정받고 있었는데, 우리의 위치가 그들보다 낮을지는 몰라도 문학적 재능으로는 딱히 차이가 없었고, 세상 작가들의 작품을 읽어봐도 굳이 겸손해야 할 필요는 없다고 생각했다. 그래서 우리의 작품을 몰래 활자로 찍어 선생에게 보내면, 선생이 읽어보고 우리의 가치를 알아줄 것이고, 그러면 세간에서도 우리의 가치를 알아줄 사람은 알아줄 것이다. 이런 이유에서 잡지를 창간한 것이었다.

앞에서도 말했지만, 도쿄에 있는 사람은 나와 아쿠타가와와 나루세, 마쓰오카였다. 기쿠치는 교토에서 원고를 보내왔다. 원고가 전부 모였고, 첫 호니까 다들 모여서 원고를 읽어보자고 해서 내 하숙방에서 함께 읽어보았다. 그때 아쿠타가와가 가져온 원고가 〈코〉였다.

아쿠타가와의 〈코〉는 〈우지슈이 이야기〉에서 소재를 따온 것으로, 당시 모리 오가이 씨도 그런 역사 소설을 썼는데, 오가이의 흉내를 낸 소설이었다. 함께 글을 읽고 듣는 동안 우리가 가장 놀란 것은 문장이 너무나도 질서정연하다는 것이었는데, 본인도 그것에는 자신이 있는 것 같았다. 그는 스스로 "문장으로서는 하나도 문제 될 것이 없어."라고 했다.

그러나 우리 모두는 좋은 작품을 싣고 싶었고, 자신의 작품을 뽐내지는 않았지만 아쿠타가와도 좀 더 훌륭한 작품, 바로 인정받을 만한 작품을 싣는 게 좋겠다고 생각했을 것이다. 그때 우리는 〈코〉가 그렇게 호평을 받을 정도로 좋은 작품이라고는 생각하지 않았다. 현실파인 나루세는 무기교의 감동을 중시하는 글을 쓰고 싶다는 창작 태도를 보여, 〈코〉가 기교가 지나쳐 너무 어른스럽다고 비난했지만, 나는 그런 느낌은 들지 않았다. 하지만 그래도 아쿠타가와라면 더 좋은 작품을 쓸 것이라는 생각을 했다. 그도 우리의 단편을 읽고 그렇게 생각했을 것이다. 그래도 어쨌든 내보자고 말한 것이다. 그것을 소세키 문하의 선배들을 비롯해 여러 곳에 보냈는데, 보내고 나서 얼마 후, 아쿠타가와가 교실에서 "구메, 잠깐만. 너한테만 좀 할 얘기가 있으니까 와봐."라고 해서 학교 앞의 잇파쿠샤라는 양식당으로 갔다. 그때 아쿠타가와가 품속에서 편지를 꺼내더니 "사실은 나쓰메 선생이 이런 편지를 보냈어. 굉장히 칭찬해주셨어. 너한텐 이런 말을 해도 괜찮을 것 같은데, 아무래도 너무 과하게 칭찬해주신 것 같아서 다른 친구들한테는 왠지 미안한 생각이 들어서 너한테만 말하는 거야." 하며 보여준 것이 그 편지였다. 한지에 붓으로 쓴 것인데, 그 안에는 나에 대한 칭찬도 아주 약간 쓰여 있었다. 그러니까 아쿠타가와가 그렇게 보여준 것도 나와 함께 기쁨을 나누고 싶었던 의미였을 것이다.

그 후, 아쿠타가와와 함께 나쓰메 선생 댁에 찾아갔을 때는 "이런 건 흔하게 쓸 수 있는 글이 아니야. 오가이 선생은 능숙할지 몰라도, 그것과도 또 다르게 독특한 글이기 때문에 이런 걸 하나라도 쓸 수 있으면 훌륭한 작가야."라고 말했다. 나쓰메 선생은 문하에 아베, 모리타, 스즈키, 고미야 같은 제자들이 자리를 잡아가던 무렵이어서 젊은이가 나타나기를 몹시 바라고 있었다. 선생이 칭찬해주었기 때문은 아니었겠지만, 아쿠타가와와 구메는 선생이 인정해줄 정도로 훌륭했다고 생각해서인지 다들 매우 칭찬해주었다. 실제로 그들은 〈코〉에만큼은 경탄한 모양이었다.

말하자면 《신사조》를 발간하고 〈코〉를 실었기 때문에 아쿠타가와라는 사람이 대단하다는 것을 나쓰메 선생도 정말로 알게 된 것 같고, 소세키 문하생들에게도 알려진 것 같다. 게다가 그 당시 《신소설》의 주간이었던 스즈키 미에키치는 잡지에 〈마죽〉을 실었다. 그러고 나서 아쿠타가와와 나는 졸업하기 전 마지막 여름방학을 이치노미야의 바닷가에서 보냈다.

아쿠타가와가 작가가 되려는 의지를 굳히게 된 것은 〈코〉에 대한 나쓰메 선생의 칭찬 때문이었다. 물론 그전에도 기쿠치가 여러모로 격려하고, 우리도 부추기기는 했지만, 정말로 작가가 되려는 마음은 〈코〉를 쓰고 나쓰메 선생의 편지를 받고 나서 확실해졌을 것이다. 그때까지는 사실 어떻게 하면 좋을까 생각하고 있었던 모양이고, 작가가 될 수 있다면 되고 싶지만, 되지 못하면 교수를 해도 좋다고 생각했던 것 같다. 그러니까 확실히 작가가 되려고 결심한 것은 그 편지를 받고 나서였을 것이다. 그것만큼은 내가 보증할 수 있다.

나와 함께 이치노미야의 바닷가에서 지냈을 때의 일을 아쿠타가와는 몇몇 작품에 썼다. 또 그때 우리가 선생에게 보낸 편지도 어디엔가 발표되어 있다*. 단편 〈신기루〉 안에도 잠깐 등장하는 걸 보면 그때가 그에게는 무척이나 즐거웠던 것 같다. 어쩌면 이치노미야에서 둘이서 보낸 시간이 문학적으로 축복받았다는 점에서 그에게는 가장 행복한 때였을 것이다. 그 뒤로는 호평이 너무 지나쳐 오히려 고통스러웠는지도 모른다. 그 당시는 완전히 백지상태였던 그는 선생의 칭찬을 받고, 또 《신소설》에서도 칭찬을 받으면서 의욕이 넘쳐 있었다. 그리고 그 후로는, 말하자면 소년이 너무 높은 곳에 오른 건지, 아니면 예술가로서 너무 애를 쓴 건지, 아무튼 순수하게 세상의 반응을 즐기지는 못했던 것 같다.

* 본문 241쪽 편지.

구메 마사오(久米正雄) 1891~1952

소설가, 하이쿠 시인. 아쿠타가와와 고등학교 때 만나 오랜 우정을 나누었다. 대학 재학 중에 아쿠타가와와 나쓰메 소세키 문하에 들어갔고 함께 잡지 《신사조》를 창간했다.
아쿠타가와는 죽음을 앞두고 남긴 유서 〈어느 옛 친구에게 보내는 수기〉를 구메 마사오에게 남겼다.

친구 아쿠타가와의 추억

쓰네토 교

아쿠타가와는 모럴리스트를 미워하면서도 그 자신은 지나치게 모럴리스트였다. 그는 메피스토펠레스를 사랑하면서도 너무도 격렬히 메피스토펠레스를 미워했다.

예술의 길로 정진하려는 그의 기백은 늠름한 울음소리를 크게 내지르는 것 같았다.

그가 걸어가는 방향에는, 어떤 곳은 인생의 길과 예술의 길이 맞붙어 있고, 또 어떤 곳은 그 두 개의 길이 갈라져 있는 것처럼 보인다. 후자의 경우, 그는 주저 없이 예술의 길을 선택할 것 같지만, 꼭 그렇지만은 않았다.

그는 고독을 사랑하면서도 고독을 견딜 수 없어 했다. (그가 지나치게 도시인이었기 때문인지도 모르겠다.)

그는 꽤 심한 센티멘털리즘을 가졌다. 그 스스로도 그것을 분명히 의식하고 있었다. 그리고 그것이 겉으로 드러나는 것을 두려워했다. 그것은 정성껏 연습을 거친 센티멘털리즘이었다. 이 센티멘털리즘이 솟구쳐 나오는 원천은 바윗덩이 하나를 사이에 두고 그의 고유한 시적 정신의 원천과 마주하고 있었다.

시는 그의 고독의 괴로움을 달래주었다. 하지만 시에 영원히 안주할 수 있는 사람이 몇 명이나 될까.

그가 천사를 부르면 천사는 기뻐하며 다가와 그의 손을 잡을 것이다. 하지만 그는 휘익 몸을 피할 것이다. 그가 악마를 부르면 악마는 기뻐하며 다가와 그의 손을 잡을 것이다. 하지만 그는 휘익 몸을 피할 것이다.

그렇지만 결국 그는 기력이 다해 쓰러지고, 다정한 천사의 간호를 받을 것이다.

아쿠타가와의 마음속에 자리잡은 악마는 한시도 놓치지 않고 양심의 눈동자를 지켜보는 악마였다. 그가 그 악마를 쫓아내려고 애를 쓰는 것이 안타까웠다. 그것은 무시무시한 악마이면서 또한 성스러운 악마이기도 했다.

아쿠타가와에게 삶과 예술은 매우 높은 수준에서 일치했다. 다만 그 의미는 그가 남긴 예술과 그가 살았던 삶이 한 치의 빈틈도 없이 일치했다는 말이 아니라, 그가 살았던 삶이 그가 남긴 예술보다 한층 더 예술적이었다는 말이다.

아쿠타가와의 작품을 통해 그의 어떤 사상을 접할 때, 나는 가끔 불만을 느꼈다. 그러나 똑같은 사상을 아쿠타가와 자신이 입으로 말할 때는 나는 아무런 불만을 느끼지 않았다. 어쩌면 아쿠타가와의 정신에서 떨어져 객관화되었기 때문에 그 사상에 대해 불만을 느꼈는지도 모르겠다. 물론, 때때로 억지 부리기 좋아하는 도쿄 토박이의 궤변에 휘말렸다는 말은 절대 아니다.

전체적으로 보면 아쿠타가와는 강인한 정신력을 가지고 있었다. 하지만 그 정신력이 작용하는 방향에는 기복이 있었다.

그의 눈은 언제 보아도 아주 맑았다. 하지만 그의 감정은 언제나 따뜻하게 흔들리고 있었다.

그는 표현에 빈틈이 없도록 지나치게 머리를 짜낸 탓에, 그의 작품은 차가운 느낌을 불러일으킬 때가 있다. 하지만 일상 속 그의 행동에는 빈틈이 아주 많았다. 그는 그것을 개의치 않았다. 그렇기 때문에 그에게서 직접 차가운 느낌을 받은 적은 없다.

그는 자주 남을 꾸짖었다.
그는 때때로 (아이처럼) 허세를 부렸다.
하지만 허풍을 떠는 일은 결코 없었다.

그는 자연에 대해 대단히 겸손했다. 하지만 마음속에 적의를 감추고 자연을 대할 때도 드물게 있었다.

그는 요괴를 사랑했다. 하지만 요괴의 존재를 믿지는 않았다.

기적을 기뻐하는 그의 마음은 그의 준엄한 리얼리즘과 안타깝게도 서로 모순되었다.

그는 젊은 여자가 있는 앞에서 흥분했다. 그러나 남자가 있는 앞에서도 흥분했다. 다만 친한 친구 앞에서만큼은 평정을 잃지 않았다. 이것은 누구라도 그럴 것이다. 다만 그의 총명함에 비해 조금은 균형이 맞지 않는다고 생각했을 뿐이다.

그에게도 첫사랑이 있었다. 그것에 대한 왜곡은 쓰지 않겠다. 그때 그는 대단히 열심이었다.

쓰네토 교 (井川恭) 1888~1967

법철학자. 아쿠타가와와 고등학교 시절부터 가까웠던 친구다. 원래 문학가 지망생으로 고등학교 때부터 작품 활동을 했지만, 아쿠타가와의 재능을 보고는 문학은 단념하고 법철학을 전공했다고 한다.

옮긴이의 말

아쿠타가와 류노스케는 1892년 도쿄에서 태어나 다이쇼 시대에 활약한, 일본 근대문학을 대표하는 작가입니다. 사후 8년이 지난 1935년에는 그의 업적을 기려 아쿠타가와 상이 제정되었고, 일본의 가장 권위 있는 문학상 중 하나로 지금까지 매년 신인 작가에게 수여되고 있습니다.

아쿠타가와가 작가의 길을 걷기로 결심한 데에는 일본 근대문학의 아버지로 불리는 나쓰메 소세키의 영향이 컸습니다. 대학 재학 중에 쓴 단편 〈코〉로 소세키의 극찬을 받으며 화려하게 문단에 등장한 아쿠타가와는 인간의 모순된 심리, 예술을 향한 열망 등을 투영한 작품을 많이 남겼습니다.

아쿠타가와의 작품은 전기와 후기에서 꽤 차이를 보입니다. 전기에는 〈라쇼몬〉, 〈코〉, 〈마죽〉 등 인간 내면의 본질을 날카롭게 파고든 작품을 비롯해, 〈지옥변〉, 〈희작삼매〉 등 예술을 대해 끊임없이 고민하는 예술가를 통해 자신이 추구하는 예술적 이상을 그린 작품이 많습니다. 특히 당시 문단에서 지배적이던 자연주의 소설이나 사소설과는 달리, 고전과 역사에서 모티프를 따온, 격조 높고 기지 넘치는 단편을 많이 썼습니다.

그러나 만년의 아쿠타가와는 잦은 발병과 신경쇠약, 집안 문제 등으로 점점 삶에 대한 의욕을 잃어갔습니다. 특히 정신이상으로 일찍 세상을 뜬 생모에 대한 기억은 평생 그를 불안과 강박에 시달리게 했습니다. 삶에 대한 회의, 발광에 대한 불안, 잦은 발병 등으로 점점 쇠약해져 가는 그의 모습은 〈다이도지 신스케의 반생〉, 〈어느 바보의 일생〉, 〈톱니바퀴〉, 〈점귀부〉, 〈암중문답〉 등 만년의 자기 고백적인 작품들 속에 투영되어 나타납니다.

1927년 아쿠타가와는 결국 유서를 남기고 서른다섯의 나이에 스스로 목숨을 끊었습니다. 그의 죽음은 당시의 문단뿐만 아니라 사회 전체에 큰 충격을 주었습니다. 단지 인기 작가의 자살이 아니라, 다이쇼 시대의 대표적 지식인이던 당대 최고 문학자가 시대에 굴복했다고, 그렇게 다이쇼 시대가 막을 내렸다고 생각했기 때문입니다.

아쿠타가와의 작품은 지금까지 국내에도 여러 선집으로 소개되었지만, 작품을 더 깊이 이해하는 데 도움이 되도록 작가의 배경과 내면을 소개하고 싶은 마음에 이 책을 기획하게 되었습니다. 따라서 주로 자전적 고백이 담긴 만년의 작품과 유고, 서간을 중심으로 아쿠타가와의 생각과 사상이 잘 드러난 문장과 글을 엮어내게 되었습니다.

1장은 아쿠타가와의 문장을 뽑아 주제별로 엮었습니다. 소설보다는 만년에 신문에 연재한 아포리즘 형식의 수필 〈난쟁이의 말〉을 비롯해 수필과 평론 등에서 주로 뽑았습니다. 아쿠타가와의 작품에서 늘 중요한 주제로 다루어지는 인간과 예술에 대한 생각, 또 작가와 인간으로서 느낀 고뇌와 회한을 볼 수 있는 문장들입니다. 2장은 죽음을 앞두고 자신의 삶을 돌아보며 쓴 일종의 자전적 스케치인 〈어느 바보의 일생〉과 친구에게 남긴 〈어느 옛 친구에게 보내는 수기〉를 실었습니다. 〈어느 바보의 일생〉에는 상징과 함축적인 표현 등 작가의 배경지식 없이는 이해하기 어려운 부분이 많기 때문에, 되도록 정설로 여겨지는 사실을 각주로 실어 독자의 이해를 돕도록 했습니다. 3장은 친구와 아내 등에게 보낸 편지에서 발췌해 구성했습니다. 솔직하고 꾸밈없는 그의 편지를 읽다 보면, 작품의 이면에 감추어진 생각뿐만 아니라, 아쿠타가와의 인간적인 면 또한 많이 볼 수 있습니다. 마지막으로 4장은 동료 작가들이 아쿠타가와를 추억하며 쓴 글로, 그 당시 함께 활약했던 문인들의 눈에 비친 아쿠타가와의 모습을 볼 수 있어 흥미롭습니다.

싣고 싶은 글들이 많아 글을 넣고 빼는 편집 과정이 반복되었고, 어쩔 수 없이 빠진 글들에는 여전히 아쉬운 마음이 남습니다. 아쿠타가와 류노스케라는 작가를 온전히 이해하기에 여기에 실린 글로는 많이 부족하겠지만 그의 작품 세계에 다가가는 데 조금이나마 도움이 된다면 기쁘겠습니다.

옮긴이 박성민

도쿄외국어대학교 대학원에서 일본어학을 전공하고 통번역사로 일했다. 번역서로 《심호흡의 필요》, 《세상은 아름답다고》, 《나쓰메 소세키 - 인생의 이야기》, 《다자이 오사무 - 내 마음의 문장들》 등이 있다.

어느 바보의 일생

아쿠타가와 류노스케의 말과 글

2021년 8월 7일 1쇄 찍음
지은이 아쿠타가와 류노스케
펴낸곳 시와서 출판
펴낸이 송승현

출판등록 2016. 12. 6.
주소 경기도 파주시 책향기로 183, 1507-506
전화 070-8200-1604
이메일 siwaseo@gmail.com
블로그 blog.naver.com/siwaseo
인스타그램 www.instagram.com/siwaseo

ISBN 979-11-91783-00-1